JN062364

Deokure Tamer no Sonohigurashi

出遅れテイマーのその日暮らし 7

Deokure tamer

!♡
アウラ
ナッツ

オルト
ダンゴ

Deokure Tamer no Sonohigurashi

出遅れテイマーのその日暮らし

Deokure tamer

7

CONTENTS

Deokure Tamer no Sonohigurashi

第一章　風霊門とシルフ

「えーっと、ここで待ち合わせなんだが……」

マヨヒガを攻略し、水臨大樹の精霊の祭壇に挨拶に行った後、俺たちは始まりの町の広場へとやってきていた。

ここで、待ち合わせをしているのだ。ただ、人が多過ぎて、どこにいるのか分からんな。

「フレンドコールを――」

「あ、ここです！」

到着したと連絡しようとした時、向こうから声をかけてきてくれた。

現れたのは、テイマー仲間のウルスラだ。

ボンテージ風黒革製の装備を身に纏っているうえ、鞭で戦うため、女王様とでも呼びたくなる女性テイマーである。いや、本人に向かって言えないけどね。

ウルスラ曰く、魔物使いは鞭というこだわりがあるらしい。

そんなウルスラだが、今はモンスターを連れていなかった。その代わり、二つの人影を伴っている。

「すまん。遅れたか？」

「いえ、時間ピッタリですよ。ああ、アメリアは列に並んでます」

俺がウルスラたちと合流するのは、最後の精霊門である風霊門を開放するためだ。

開門に必要な風結晶は向こう持ちなうえ、俺は場所取りに並んでもいない。俺が得し過ぎて少し悪い気もするが、そもそも俺を誘ってきたのはウルスラたちであった。

今度の大型アップデートで、ハラスメントブロックが強化される。そのせいで、フレンドがテイムしているモンスターやマスコットであっても、気軽には触れ合えなくなるという。何をするにも主の許可が必要なうえ、畑などへの立ち入りも今まで通りにはいかなくなるのだ。しかも、過剰なスキンシップなども禁止となる。

うちのモンスたちと遊ぶのが好きなウルスラたちにとって、非常にショックな出来事であったらしい。

そこで、風霊門へと招待する代わりに、自分たちにモンスたちと遊ぶ権利をくれというわけだった。まあ、俺は損をすることじゃないし、いいんだけどね……。うちのモンスたちの可愛さが罪だったということだろう。

しかも、風霊門を開けるだけではなく、彼女たちは現在先頭を確保しているそうだ。今は、アメリアが並んでくれているらしい。

「それで、こっちの二人が一緒に風霊門へと行くメンバーです」

「くくく……お久しぶり」

「ああ、そうだな」

ウルスラが紹介してきた二人のうち、一人には見覚えがある。

赤紫の長髪に肩出し和装の美女、爆弾魔のリキューだった。目元を隠すほどの長い前髪の隙間か

ら、こちらを見つめている。

「誘ってくれてありがとうな」

「くくく……枠がもったいないから」

ウルスラたちが持っている風結晶の品質は★5。最大で五人まで風霊門を開放することができる。

だが、予定していた内の一人が、家庭の事情で今日はログインできなくなってしまったらしい。

そこで、急遽俺を誘ったらどうだろうという話になったらしかった。リキューの友人には申し訳ないが、俺はラッキーだったってことか。

「まあ、もともとリキューさんの人見知りがあるんで、候補は少なかったですけどね」

「あー」

「くくく……申し訳ないわね」

そう言って軽く謝る。

超絶人見知りのリキューは、まともに会話できる相手が少ない。誘う相手も限られるんだろう。何せ、知らない相手とでは会話が成り立たないっていうからね。

「くくく、条件を受け入れてくれて、感謝するわ……」

「感謝感謝だね！」

そのリキューの横で、ニッコニコの美少女がシュタッと手を上げて、挨拶してくれる。

「よろしくね。リキューの友達のクルミだよ！　私もフレンド登録お願いしていい？」

「あ、ああ。よろしく」

クルミはなかなか目を引く美形だった。いや、このゲームはほとんどのアバターが美形だけどね。

でも、その外見は美形なだけではなく、かなり特徴的でもある。

クルミは赤いモコモコヘアの少女だった。いや、オブラートに包んで言ったが、モコモコというか完全にアフロヘアである。赤いアフロ。ファンキー過ぎる。牛の獣人らしく、アフロの間から黒い角が見えていた。

牛でアフロ。あの元悪魔超人しか思い至らない組み合わせだ。赤いけど。

装備は、金属製のガッチリとした鎧（よろい）を着こんでいる。動きやすいように関節部分を薄くはしているものの、いわゆる西洋甲冑（かっちゅう）というやつである。頭装備だけは、兜（かぶと）ではなくピアスであるようだ。

さらに目立つことに、背中には大きな木製のハンマーを背負っていた。ハンマーの本体部分は、小さめの米俵くらいあるだろう。

木製だから鉄製のハンマーよりは軽いのかもしれないが……。クルミの背は低い。一四〇センチもないだろう。そんな小柄な少女が巨大ハンマーを背負っている姿は、異様の一言であった。

ネタ的と言えるかもしれない。絶対に本人は分かっていて、狙ってやってるよな。

「よろしくねっ！」

リキューの友人とは思えないほど、人懐っこい少女である。いや、むしろこのくらいじゃないとリキューの友人などやれないのかもしれない。

そんなクルミも加えた四人で、爪の樹海にある風石と呼ばれるオブジェクトに向かった。

道中は楽勝だったね。クルミも相当強かったのだ。ただ、無類のリス好きであるらしく、灰色リス

に攻撃できないという一幕はあったが。

リスと戦えないって、これから先ヤバいんじゃないか？　しかしネズミは問題ないらしい。クルミ曰く「ネズミはネズミ、リスはリス！」だそうだ。

分かるような、分からんような？

それと、ウルスラがオルトに全く触れようとしなかった。最初に数秒間、頭を撫でただけである。本人曰く、アプデに今から慣れるためだという。

急にベタベタできなくなったらオルト分の不足で危険だから、今から訓練しているらしい。

「そ、そこまでか？」

「そこまでよ……！」

「まあ、がんばってくれ」

「ええ……」

泣きそうな顔のウルスラを励ましつつ、俺たちは目的地へとたどり着いていた。

第二エリアにある、小さな広場だ。そのど真ん中には、中央に穴の開いたドーナツ形の大岩が鎮座している。

このオブジェクトは、風が吹きつけると甲高い音が鳴るため、プレイヤーたちからは風石と呼ばれていた。この広場は、単純に風石広場だ。

その風石広場にたどり着くと、すでに五〇人以上のプレイヤーがたむろしている。

「うーん、人が結構いるねー」

俺たちとほぼ同時に風石の前にやってきたパーティが「あー一番乗りはやっぱり無理か」と呟いているのが聞こえた。みんな、あわよくば称号をゲットできる先頭を取りたかったのだろう。

ただ、広場の雰囲気が妙に緊迫している気がした。人が多ければそれだけ喧騒も大きくなるが、どうもそれだけではないらしい。

「くくく……何か揉めてるわね？」

「言われてみれば……」

多くのプレイヤーの視線を追ってみると、風石の周囲で騒ぎが起きているようだった。近づいてみると、十数人ほどのプレイヤーたちが何やら言い争いをしている。

ハラスメントブロックのおかげで揉み合いには発展していないが、その分かなり激しく言い合っているようだ。

しかも、俺たちに無関係ではなかった。

「だからぁ、後から来るって言ってるじゃない！」

「そもそも、それがズルいって言ってるんだ！　後からきて入るなんて、横入りじゃないか！」

「そーだそーだ！」

「でも、他の門でも、パーティから一人だけ並ぶっていうルールだったし！」

中心にいるのは、俺たちが合流しようとしているアメリアである。何が起きているのだろうか？

俺たちは言い合いを見物している野次馬さんに事情を尋ねてみた。

「一番最初にどのパーティが風霊門を開くかで揉めてるみたいだぜ？」

並んでいたアメリアが、後から来たパーティに因縁を付けられているようだ。

「他の門のことなんか知るかよ！」

「そーだーそーだ！」

最初に、アメリアの後ろに並んでいた奴らが、順番を譲ってほしいと提案し始めた。ゲーム内通貨やレアアイテムをちらつかせ、それでもダメだと分かるとリアルマネー、つまり現実でお金を払うと言い出したらしい。

これは明らかにゲームの規約違反になる行為だ。当然、アメリアが頷くはずもない。

すると、今度は大声で脅すようなことを言い始めたという。顔を覚えたからな、俺たちのクランは人数が多い。そんなセリフである。

それでもアメリアが冷めた目で見ていると、自分たち以外のプレイヤーを巻き込むために、後から来たメンバーをパーティに加えるのは横入りだ何だと騒ぎ始めたそうだ。

「うーん、どうしよう……」

「面倒だけど、アメリアを助けないと」

「だね。私たちのせいでもあるし」

「ていうか白銀さん？　しかもボマーさんに赤牛まで……。スゲーパーティだな……。あの恥知らずども、最悪の相手に因縁付けちまったなぁ」

情報を色々と教えてくれたプレイヤーが何やらブツブツと言っているが、俺たちは俺たちでどうするかコソコソと相談していた。

正直あれに割って入るのは面倒だが、アメリアを見捨てるわけにもいかん。

とりあえず、アメリアの援護に向かうことにした。

「あのー、すみませんねぇ。俺たち、彼女のパーティメンバーなんですけどねぇ」

「ああ？　呼んでねーよ！」

「いやいや、彼女に呼ばれているんで」

「おい！　横入りする気かよ！」

うーむ、心情的には横入りと言いたくなる気も分からなくもない。実際に、後からきて前に入るわけだし。

ただ、精霊門にはパーティ単位で入る以上、先頭にいるアメリアが一人であろうが複数であろうが、こいつらが一番乗りをするチャンスはないんだけどな。

最初は大人しく並んでいたということは、理解しているはずなんだが……。

一番乗りを邪魔されて、やりようのない怒りや苛立ちをぶつけずにはいられないのだろう。

「だいたいなんだよその髪は！」

「え？」

「だせー！　白銀さんの真似かよ！　ぎゃははは！」

「は？」

「外見だけ真似たって、大発見を繰り返すトップテイマーと同じにはなれねーよ！」

なんだろう。馬鹿にされているのにちょっと嬉しい。大発見を繰り返すトップテイマー？

俺をディスるためにあえて白銀さんのことを挙げているんだろうが、やっぱ褒められると嬉しいのだ。もしかしたら本当は良い奴かもしれん。いや、さすがにそれはないか。

男の罵声を聞いたアメリアやウルスラ、リキューも、怒るに怒れず微妙な顔をしている。

何せ、ここに本人がいるからね。

いや、俺ごときがトップテイマーだなんて言われて、ショックなのかもしれない。どう考えたって、アメリアたちの方が強いし、先へと進んでいるからな。

それとも、ちょっとだけ喜んだことが見透かされた？　こんな時にニヤニヤと笑う俺に、呆れてしまったのかもしれない。は、恥ずかしい！

とにかく、これ以上は俺もこいつらも居たたまれないので、勘違いを解かねば。

でも、自分で「俺が白銀の先駆者だ！　キリッ！」ってやるのは恥ずかし過ぎる。

そんな俺の気持ちが通じたのかどうか分からんが、クルミが先に口を開いてくれた。

「その人は白銀さん本人だよ？」

「ああ？　何を馬鹿――って、お前、もしかして赤牛か？」

「アニキ、あっちにいるのボマーっすよ！　あの外見、間違いないっす」

「え、じゃあ、まじで白銀さん？」

俺が本物の白銀だと知って、すっごい狼狽し始めたんだけど。まあ、本人に対して「白銀さんの真似かよ！　ぎゃははは！」って言っちゃったからねぇ。

俺だったら死にたくなるくらい恥ずかしいだろう。

それにしても、クルミは有名人であるらしい。周囲のプレイヤーたちが、噂をしているのが聞こえる。

「あれってあの赤牛？　確かに噂通り目立つ外見だな」

「噂？」

「巨大ハンマーを背負ったちびっ子レッドアフロ。あの赤いアフロの中には、実は色々と隠し武器が仕込んであるっていう噂だぞ」

「俺は飴ちゃんって聞いた」

「私は赤いエナジードリンクを飲んだら一〇〇〇万パワーを発揮するって聞いたけど」

「え？　俺はあのアフロ実はヅラで、パカッて取れるって聞いたけど？」

周囲の目がクルミに向いていた。男たちもクルミが有名人だと分かって、ちょっと怯んだ様子だ。ただ、これで引き下がるようなまともな相手じゃないだろう。実際、すぐに俺たちを睨んできたし。

いつもだったらこういう奴らは適当に宥めつつその場を立ち去るんだが、ここではそうもいかない。日付が変わるまで、こいつらの相手をしないといけないだろう。面倒だな……。

そんな風に思っていたら、因縁を付けていたパーティとは別のパーティが近づいてきた。もしかしてクレーマーが増えるか？

だが、そんな様子でもない。

「やあ、白銀さんたちは五人なのかい？」

先頭にいるリーダーっぽいエルフは、多少馴れ馴れしい感じだが顔は友好的に笑っている。もしか

して、助太刀してくれるつもりか？

「え？　そうみたいですねぇ。風結晶は俺が用意したんじゃないので分からないけど。アメリア、どうなんだ？」

「★5の風結晶だから」

オークションなどでNPCから出品されていた属性結晶は、品質が一定していなかったらしい。中には★2などのものもあったそうだ。

「だったら提案なんだが、僕たちの持っている★6の風結晶を使わないか？」

「どういうことだ？」

「いや、君たちは★5を使うつもりだったから、五人しかいないだろ？　そこで★6を使えばパーティ枠が一つ空くじゃないか？　そこに僕を入れてくれないかと思ってね」

「なるほど」

面白い提案だな。確かにそれは可能だろう。別に俺たちに損はないし、この男性は新たに称号をゲットできる。こんな場合じゃなければ、一考に値したんだがな。

いくらなんでも、クレーマー男が許すはずもなかった。案の定、騒ぎ始めたのだ。

「ざけんな！　てめーも横入りする気か！」

「さっきから聞いてると、横入りだ何だと騒いでるけどね。君の言葉はほとんどが的外れで聞くに堪えん。いい加減、諦めたらどうだい？」

「ざけんな！　横入り野郎が！」

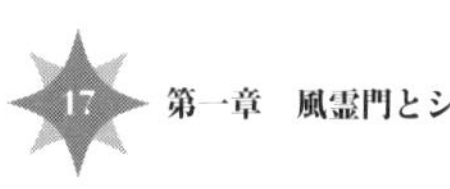

「同じセリフを繰り返すところも、頭が悪い証拠だね」

エルフの男性が、クレーマーと口論を始めてしまう。俺たちに友好的なのはありがたいんだけど、ちょっと言い過ぎじゃないか？

「てめっ……！　だいたいな！　こいつをパーティに入れるくらいなら、俺を入れろよ！　それが当たり前だろ！」

「はあ？　何を言い出すのかと思えば。白銀さんたちに暴言を吐いている分際で、そんなことできるはずないだろ？　本当に馬鹿だな」

エルフさんはクレーマー男みたいなタイプが嫌いなのかもしれないけど、完全に火に油を注いでいる。暴言を吐くのは自由だが、俺たちを巻き込まないでほしかった……。

まあ、高慢ちきな感じは、エルフっぽいと言えばエルフっぽいけど。もしかして傲慢系エルフのロールプレイ？　いや、さすがにそれはないか……。

「ねえ、どうだい白銀さん？」

「俺たちを無視すんじゃねー！」

「何したって君たちが白銀さんたちよりも先に入れるわけないんだし、もう黙ったらどうだい？」

「そもそも、先に並んでるやつが優先ていうルールがおかしいんだよ！　運営が決めたわけでもねールールに、何で従わなきゃいけないんだ！」

「それがマナーってものだろう？」

「そんなもん！　守らなきゃいけないルール、どこにあるんだよ！」

なら最初に何でアメリアに声をかけたのかと思うが、今のは売り言葉に買い言葉で、ヒートアップし過ぎて思わず口に出してしまっただけなのだろう。

それに、クレーマー男の言うことも一理あるんだよね。

先に並んだアメリアが風霊門を一番に開く権利があるっていうのは、あくまでもマナーの問題というか、プレイヤー間で勝手に決められた暗黙の了解ってやつだ。ＬＪＯではその辺のプレイヤー間ルールが短い間にしっかりとでき上がっていた。

だが、守らなきゃいけない法律があるわけじゃない。

他のゲームで似たようなイベントダンジョンがある場合、入り口前にプレイヤーが集結してイベント開始とともに鍵アイテムをみんなで一斉に使用。最も早く認識された奴が一番乗りっていう場合も少なくはない。もしくはＰＫ合戦が始まって、生き残ったパーティが一番乗りかな？

いや今回の場合だって、同じようなことはできる。日付が変わった瞬間にアメリアを出し抜いて風石に駆け寄って、先に風結晶を捧げることは可能だろう。

それをやったら、マナー違反と叩かれるだろうが、ＰＫのないＬＪＯなら大した報復はされないだろうしね。

「マナーマナーって、後からきて横入りするのはマナー違反じゃないのかよ！　マナー違反だろ！」

「さっきから自分勝手なことを……。そもそも大きな声で恫喝(どうかつ)するしか能がないのか？　それがマナー違反なんだよ！」

「うるせー！　黙れ！　マナー違反はそっちだ！」

「自分たちのことは棚に上げて、本当に常識がないな。マナーも知らん愚鈍な馬鹿者はこれだから。とっとと消えろよ！」

「なんだと！　この野郎！」

もう完全に口喧嘩のレベルだ。しかも、もう互いに引けないところまで熱くなってしまっている。マナー違反かどうかなんてもうどうでも良くて、言い負かされたくないだけなんだろう。

何とかクールダウンしてほしいんだけど……。

「白銀さんもそう思うだろう！」

「え？」

なんで俺に話を振る！　巻き込まないでくれ！

しかし、マナーか。難しい問題だよね。

俺は、つい最近マナー違反で怒られたよな～と、ちょっと現実逃避気味に思い出していた。

ゴミ出しの時にすれ違う際の挨拶がないと、俺に因縁を付けてきたおばさん。彼女からしたら、俺はマナーのなっていない礼儀知らずだったのだろう。マンション住人の間では、ゴミ出し時のマナーは常識なのかもしれない。知らない俺は、勝手なこと抜かすなと反発してしまったが。

つまり、マナー違反だと怒っていたおばさんが、エルフ男。まあ、俺もそっちサイドに含まれてしまうだろう。そして、反発して「そんなルール知らねーよ！」とムカついていたあの日の俺がクレーマー男というわけだ。

なんだろう、そう考えたらどっちもどっちな気がする。両者ともに、反省すべき点があるだろう。

「そっちの女の子を脅すような真似しておいて、図々しいって言ってるんだよ！」

「図々しいのはテメーだろうが！　横入りしやがって！　殺すぞスカシ野郎！」

「はん！　このゲームにＰＫはないことも分かってないのかい？　だいたい、パーティメンバーを後から迎えるのなんて、横入りでも何でもないんだよ！　ゲームシステムを理解できてないならプレイすんなド低能！」

今やどちらも、醜く罵り合うマナー違反者だ。

うむ、こいつらと同類か……。決めた。今後、ゴミ捨ての時に他の住人とすれ違ったら、明るくハキハキと挨拶しよう。そしてあのおばさんと顔を合わせたら謝る――のはまだ癪に障るが、会釈くらいはすることにしよう。

マナーって重要だよね？

「この○×◇野郎！」

「なんだと！　お前こそ△○□だろうが！」

「このことは掲示板に書くからな！」

「それはこっちのセリフだ！」

二人の罵り合いが最高潮に達した、その瞬間だった。

「てめ――」

「この――」

俺の前にいたプレイヤーたちが、突如消え失せる。

「え？」

何が起きた？　周囲を見ても、その姿はどこにもない。綺麗さっぱりと、まるでテレポーテーションでもしてしまったかのようだ。

「え？」

残っているのは、俺たちと野次馬たち。後は言い争っていたパーティの中から数人だけであった。クレーマーパーティとエルフ男のパーティで消えなかったのは、言い争いを止めようとしていたプレイヤーたちだろう。

逆に、暴言を吐いていた奴らは全員消えてしまった。

「まじかよ！　馬鹿リーダーが！」

「うわー。最悪！」

どうやら残されたプレイヤーには、何が起きたのか分かっているらしい。頭を抱えている。

「えっと、何があったんだ？」

思わず声をかけてしまった。その直後、逆上されたら怖いなーと思ったけど、杞憂だったらしい。

彼らは涙目で、説明してくれた。

「うちのリーダー、以前も似た騒動起こして運営から注意受けてたんだけど、今回の騒動で完全にペナ食らったみたい」

「うちもそうだな……」

「あー、なるほど」

つまり暴言やマナー違反の累積で、アカウント一時停止になったと。野次馬の誰かが通報したんだろう。いや、アメリアがこっそり通報したっぽいか？　まあ、どっちでもいいか。騒ぎが収まったわけだし。

ただ、残されたプレイヤーたち全体に、微妙な空気が漂っている。そりゃあ、そうだよな。もうすぐで風霊門に入れるってところでこの事態だ。水を差された気がする。

「えーっと、どうしよう？　きみら、風結晶は？」

「リーダーだよ」

「私らもよ」

〇時まではあと三〇分ほどだ。風結晶を今から入手するのは難しいだろう。

それを理解しているのか、悟ったような表情で呟き、立ち上がる。

「……帰るわ」

「俺たちも」

これ以上騒ぎを起こすような気はなさそうだった。むしろ、こちらにヘコヘコしながら立ち去ろうとする。

「あ、そうだ！　俺たちもうクラン抜けるんで！　愛想が尽きたんで！」

「あ、私もです！　決して白銀さんに敵対したつもりじゃないんで！　まじです！」

「え？　はあ、分かりました」

そんな、野次馬さんたちにも聞こえるような大声で言わんでも聞こえてますよ？

まあ、それだけ互いのリーダーに怒っているのかもしれないな。

そうこうするうちに、〇時が近づいてくる。

「えーっと、俺たちが先頭でいいんですかね？」

「あー、どうぞどうぞ」

「大丈夫っすよ。へへへ」

俺も含め、全員が浮足立った感じでヘラヘラしている。無意識に、自分は暴言を吐いてませんよ～と運営に対してアピールしているのだ。

目の前で、大人数がアカウント停止に追い込まれるのを目撃したのだ。仕方がないだろう。

周りのプレイヤーに「どうぞどうぞ」と促され、俺たちはオブジェクトの前に立った。

なんか、凄く後味が悪いな。別にズルをしたわけじゃないんだけどさ……。

まあ、今は気を取り直して、風霊門だ。

俺たちが風石に近づくと、巨石全体が緑色の光を放った。

『風霊の祭壇に風結晶を捧げますか？』

アナウンスを聞いたアメリアが、風結晶を取り出し、そのまま前に進む。

「じゃあ、いくね！」

アメリアが風結晶を岩の穴に捧げると、さらに強烈な光が発せられ、解放のアナウンスが聞こえた。

光に包まれる岩は、非常に幻想的で美しい。周囲のプレイヤーたちも、立ち上る緑色の光に驚きの声を上げている。

精霊門が解放される演出を初めて見た者も多いのだろう。

《精霊門の一つが解放されました》

『風霊門を開放したユートさんにはボーナスとして、スキルスクロールをランダムで贈呈いたします』

《四種類の精霊門が全て解放されました。最初に、四門全ての開放を達成したプレイヤーに、称号『精霊門への到達者』が授与されます》

称号：精霊門への到達者

効果：賞金三万G獲得。ボーナスポイント4点獲得。精霊系ユニークモンスターとの遭遇率上昇

やはり称号をゲットできてしまったか。しかもまたユニークモンスターとの遭遇率上昇効果である。多分、非常に有用なんだと思うが、効果は実感できてないんだよな。いや、賞金三万Gだけでも十分か。

「おおお！　すごい！」

「称号ゲット！」

「くくく……」

どうやら他のみんなも称号を獲得したらしい。これで、俺だけが称号を獲得してしまうよりは注目度が下がってくれるかな？

「で、これが風霊門ね」

「なんか怖くない？」

「そうかしら？」

風穴の目の前に現れたそれは、まるで竜巻だった。五メートルほどの高さの風が渦巻き、ゴウゴウという音が聞こえる。

ただ、炎の渦巻きの姿をしていた火霊門に比べれば、こちらの方が恐怖心は少なかった。風だけだしね。音はちょっと怖いが、それくらいだろう。

ウルスラたちが俺に視線を向けてきた。

男は俺だけだし、ここはカッコいいところを見せてやろうじゃないか。

「いくぞ」

俺はゆっくりと竜巻に手を入れる。激しい見た目と違って、扇風機の風を手に当てているくらいの風圧だ。そのままさらに先へ進むと、そよ風が体を撫でるような感覚が一瞬あり、すぐに風の壁を抜けることができた。

すでに見慣れた感のある小部屋。そして、他の精霊門と同じように、一人の精霊が俺たちを迎えてくれる。

「よくぞ参られた解放者たちよ。わらわがシルフの長である」

メッチャ偉そうな幼女キター！

身長はオルトよりもちょい低いか？　見た目は中性的だが、ノームが少年寄りなのに比べて、こち

らは少女寄りだ。しかも、少し浮いている。さすがシルフだな！

つまり、幼児枠がノームとシルフ。少年少女枠がサラマンダーとウンディーネってことか。バランスは取れてるだろう。

髪は、床に付くほど長い白髪だ。絹のように美しいとは、まさにこのことを言うのだろう。

着ている服は、白地に緑の刺繍の入ったダボッとしたブラウスに、緑のかぼちゃパンツだった。

メッチャ可愛い。

手には金属製のゴツイ長杖を持っており、威厳があるのかないのか、分からない姿である。

俺が偉そうな幼女に感動していると、仲間たちも次々と門を越えてきた。

そして、全員が俺と同じ反応である。

白髪で飛んでて偉そうで幼女で豪華な衣装だけどかぼちゃパンツ。属性てんこ盛り過ぎて、反応しないわけにはいかないのだ。

「案内しよう。ついてまいれ」

白い髪を引きずることなく、俺たちの頭と同じくらいの高度でフヨフヨと通路を進んでいく。

「はーい」

「くくく……」

シルフの長の後について、クルミやリキューが歩き出した。

精霊の町はどこも幻想的で美しいからな。どんな場所なのか楽しみだ。

ワクワクしながら通路を進むと、すぐに幼女様が振り返る。

「ほれ、見えてきたぞ」

通路の先にあったのは、他の精霊の街とも違う、それでいて同じくらい幻想的な街並みであった。

「うわー、綺麗！」

「美しい……」

「幻想的ですね！」

「あれは繭ですかね？　興味深い」

その街を形容するならば、糸と布と繭、だろうか？

街全体が緑を基調とした、鮮やかでありながら落ち着きも感じさせる色合いで統一されている。

その中でまず目に入るのが、繭のような形をしたテントたちであろう。

何枚もの布をパッチワークのように繋げ合わせたテントだ。緑なんだが、深緑もあればエメラルドグリーンもあり、それぞれ微妙に色合いが違っている。そのおかげで、単調には見えなかった。

そのテントから四方八方に糸が伸び、質不明な柱と繋がっている。この糸と柱がテントを支えているようだった。この布繭が、シルフたちの住処なのだろう。

他の妖精の街よりも天井がかなり高いうえに、緑色に輝く水晶のような物で空が覆われているので、閉塞感のようなものは一切感じられない。

「どうじゃ？　美しいであろう。好きに見て回るがよい」

ということで、俺たちは風霊の街を探索することにした。全体的に草原になっており、非常に歩きやすい。

「まずはお店を探そうよ！」

「くくく……爆弾の材料はあるかしら……」

クルミとリキューが先頭を歩き始めたので、何となくその後についてゾロゾロと歩き出す。リーダーシップを発揮しているというわけではなく、単にクルミがせっかちで、リキューはそれにつられているだけっぽいが。

「この柱……糸でできてるのか」

「近くで見ると綺麗ね」

俺とウルスラが興味を持ったのは、テントを吊るすための糸を支えている謎の柱だ。高さも太さも電信柱と同じくらいだろう。

近くで観察すると分かったが、どうやら糸を円状に巻いて、固めた物であるらしい。テントを吊るしている糸は、細い糸を何百本も縒り合わせて綱のように太くしているようだった。それをさらに何重にも巻くことで、さらに太くしている。

どう考えても耐久度を得られそうには見えないが、ファンタジー世界なうえにゲームだしな。何かの不思議パワーが働いているんだろう。

「リアルでは絶対にお目にかかれない建造物だろうな」

「これ、個人所有はできないのかしら？」

「ホームにするってことか？」

「そう」

ウルスラは、繭っぽいこのテントがかなり気に入ったらしい。確かに、非常に面白い形状で、珍しい物好きにはたまらないのかもしれないな。アメリアも思案顔だ。

「この町で売ってるかしら？」

「ホームオブジェクトショップにあるかも？」

ショップは俺も気になる。武器はともかく、素材やオブジェクトショップにはぜひ行ってみたいのだ。

だが、建物が全部テントだから、外見だけだとどこが店だか分からない。

道中に発見した宿屋を見る限り、入り口には看板がかかっているようだ。他の店を探す場合も、入り口を確認しないと分からないかもしれなかった。

どちらにせよ街を一通り回るつもりだったから、構わないんだけどさ。

そうして歩いていると、ようやく普通のテントと店舗の違いが分かるようになってきた。

どうやら大きさが違うらしい。店舗タイプのテントは、シルフたちの家屋と違って、倍近く大きいのだ。これなら、遠くからでも店舗が分かりそうだった。

その後、色々と店を回ったのだが、俺的にはそこまで欲しい物がなかった。

俺に武具は必要ないし、食材は他で手に入るアイテムばかりだったのだ。被服や皮革に使えそうな素材が多いんだが、それも俺には不要なものばかりである。

ただ、ホームオブジェクトショップでは面白い物を発見できた。繭の家はなかったが、畑に設置できるオブジェクトが売られていたのである。

「風車塔と、風耕柵？」

風車塔は、風の力で臼を回し、作物や鉱物を粉末に変えてくれる施設だそうだ。手動に比べて時間がかかる代わりに、品質の低下が一切ないという。料理にも調合にも使える、非常に有用な施設だった。

風耕柵の見た目は、棒と棒の間隔が短い藤棚って感だ。さらに、目の小さい網っぽいモノが棒の間に取り付けられている。これはエアプランツを育てるための施設であるらしい。土がなくとも育つ、リアルでも存在する植物だ。

まあ、リアルとは全然違っているだろうけどね。そもそも、まだエアプランツなんか見つけたことがないから、ここで買っても意味はない。

しかし、水耕プールで育てられる水草が水霊の試練に生えていたことを考えると、風霊の試練にエアプランツがある可能性は高いだろう。あれは空気草という、ダンジョン攻略に役立つ素材だった。

となると、何か有用なエアプランツがあるかな？

「うーん、とりあえず両方買っちゃおうか」

オルトに任せれば、上手（うま）く使ってくれるだろう。丸投げだけど、家の畑はそれで上手く回っているから、それでいいのだ。

「それにしても、なかなか慣れないな」

「くくく……同意」

「あ、リキューもか？」

「くくく……違和感」

「そうなんだよなー」

綺麗で神秘的で清潔感もあって、素晴らしい町であることに間違いはない。

しかし、問題は住人たちだ。

風霊の街なんだから当然だが、住人はシルフばかりである。つまり子供ばかりということであった。

フワフワ浮かぶ幼女が町を行きかい、店員も全員幼女。幼女販売員に幼女ウェイトレス。さらには幼女コックに幼女不動産屋さん。どこもかしこも浮遊する幼女ばかりである。

悪いわけじゃないんだよ？　可愛いし。

ただ、違和感が拭えないのだ。

全く気にしていないクルミたちを見ていると、自分の柔軟性の乏しさを思い知らされるようだった。

リキューも同じ気持ちであるらしい。

「くくく……奴らは能天気」

「そ、そうだよな。俺たちが普通だよな？」

「くく……常識人はこっちよ」

「うんうん」

今までで一番、リキューと通じ合えた気がする。

まさか、こんな場所で距離が縮まるとはな……。

そのまま風霊の街を歩き、俺たちは風霊の試練の前までやってきていた。

見た目は、他の精霊門に存在しているダンジョンと同じだ。普通に、洞窟の入り口に見える。

「でも、簡単に攻略はできないんだろうな～」

「くくく……他の精霊門も、一筋縄じゃいかない」

「ってことは、ここもそうだろうね！」

リキューとクルミは、難しそうだと話しつつも非常に楽しげだ。アトラクション感覚なのかもしれない。

俺は、簡単なら簡単なほど嬉しいけどな。ただ、今日は攻略に来たわけではない。試練の内容を簡単に確認するだけで、すぐに帰るということになっている。

戦力的に、このメンバーでは厳しいからだ。何せ、単体戦闘力最弱のテイマーが三人もいるのである。

それでも、最初の部屋を少し探索するくらいなら問題ないだろう。元々、様子は見るつもりだったのである。

「じゃあ、いっくよー！」

「くくく……楽しみね」

俺たちはクルミを先頭に、風霊の試練に突入したのであった。

しかし、すぐにその異様さに足を止めてしまう。

「なんだこれ。怖っ！」

「こりゃあ、厄介そうだねぇ」

「くく……面白いわ」

「浮いてるんですかね？」

「ちょ、アメリア押さないでよ！」

足を踏み入れた風霊の試練は、他の三つの精霊の試練に負けず劣らず奇妙だった。いや、奇妙さでいえば、他の三つの試練を超えているかもしれない。

まず目に入るのは、派手な色合いの床だろう。緑と白のマーブル模様の、岩石質の地面だ。エメラルドグリーンやビリジアン、ライトグリーンなど何種類もの緑が折り重なり、これがまた非常に美しい。ちょっと踏むのを躊躇うレベルだった。

そして、四方には壁がない。壁どころか天井もない。

床の縁に立ってその下を覗いてみると、深い谷が口を広げていた。途中からは白い霧が立ち込めており、谷底を見ることはできない。

ただ、恐ろしく深そうだ。石を投げ落としても、全く反響音が返ってこないのである。

「落ちたら即死っぽいな」

「うわー、深そう」

クルミが四つん這い状態で身を乗り出して、下を見ている。なんか、アフロ頭がデカくてバランスが悪そうだから、ちょっと心配になってしまう。今にも前に落ちてしまいそうなのだ。

この部屋を観察して分かったが、今いる場所は宙に浮いているというわけではないようだった。

部屋の左右には、細い柱が立っているのだ。谷底から天まで伸びる細く高い二本の柱が、この岩塊

を支えているらしい。

白い霧は谷底だけではなく、今俺たちが立っている岩塊の周辺や空も覆っている。どうやら霧が壁や天井の代わりをしているようだ。

部屋からは先に向かう通路が伸びているが、霧のせいで先を見通すことはできない。

濃霧の中に伸びる、細い空中回廊風の岩場。それが、この試練の姿だった。

「つまりこの場所は他の試練でいう、最初の部屋に当たるってことか」

「じゃあ、宝箱があるわね」

「探そうよ！」

というか、この部屋で宝箱が隠してあるとしたら一ヶ所しかないと思うんだよな。だが、俺の予測した岩塊の真下には何もないようだった。

柱にロープを結んで、アメリアが決死の覚悟で確認してくれたので間違いないと思う。

その後、みんなで探した結果、宝箱があったのは右の柱の上であった。

左の柱は天を覆う霧の中まで伸びており、先を確認することはできない。だが、右の柱は霧の真下で途切れていた。

身軽で登攀(とうはん)を持っているクルミが一緒にいてくれて助かったぜ。

また、クルミが柱から手を伸ばして上の霧に触れたのだが、押し戻されてそれ以上は先には進めないと教えてくれた。やはり、周囲の霧は壁扱いであるらしい。

クルミが宝箱を開けると、パーティメンバーの俺たちも中身をゲットできる。インベントリを確認

すると、期待通りアクセサリーが入手できていた。

「えーっとね、防風のネックレスだってさ」

名称：防風のネックレス
レア度：3　品質：★9　耐久：200
効果：防御力＋4、強風影響低減・小
重量：1

フィールドなどの風の影響が弱くなるアクセサリーだった。

「ということは、この先で風によるトラップなんかがあるってことね」

ウルスラの言う通りだろう。ダンジョン攻略にこのアクセサリーが役立つってことは、風の影響を受ける系のギミックがあるということなのだ。

「しかも隠し宝箱の開放ボーナスで、宝石までゲットじゃん！　やったね」

「くくく、ラッキー」

そういえば、そんなのもあったな。俺が確認してみると、黒翡翠（くろひすい）という名前が確認できる。よしよし、今度従魔の宝珠を作る時に使わせてもらおう。

「さて、じゃあ一旦戻ろうか」

「そだねー」

この臨時パーティで進むのはここまでだ。あとはそれぞれが自分のパーティで戻ってくることになる。

「じゃあ、約束の件、頼んだわよ？」

風霊の試練の外に出ると、アメリアたちが詰めよってきた。

「わ、分かってるよ。でも、アプデが済んだら頭を撫でるくらいしかできなくなるんだろ？　しかもそれさえ、長時間だとモンスに嫌われるらしいし」

「それでも、全く近寄れなくなるよりはましだから！」

「白銀さんの果樹園の光景は、見ているだけで癒されるし……」

アメリアとウルスラがそれでいいなら、俺は構わないけどさ。

「じゃあ、設定を変更したら、一度連絡するよ」

「うん。お願いします！」

「じゃあ、またね！」

「くくく……いずれまた」

アメリアたちが最後に頭を下げて去っていく。

風霊門を開いて観光するだけのつもりだったのに、妙に疲れたな。

「俺も畑に戻ろう」

モンスたちに癒されるのだ。それに、購入したオブジェクトも早速設置したい。

みんなと分かれて始まりの町に戻った俺は、風車塔と風耕柵を設置してしまうことにした。

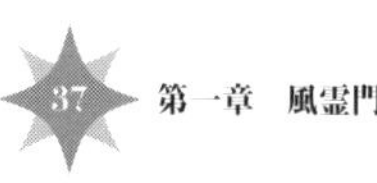

オルトと一緒に畑を歩きながら、設置場所を相談する。言葉を喋らなくても、ジェスチャーと声だけでも意思疎通はできるのだ。

「風車塔はできれば納屋の近くがいいな」

「ムー、ムム！」

「そうだな、ここがいいか」

「ムー！」

畑の真ん中に出現した風車塔は、なかなか壮観だった。

「すっごい西洋感というか、うちの畑のファンタジーっぽさが増したな」

「ム！」

見た目はレンガと木でできた、少し細めの小型風車って感じだ。高さは一〇メートルくらいかな？　大して強い風も吹いてないのに、羽根が一定速度で回っているのはゲームならではだろう。

風車塔の中に入ってみると、そこには大きな石臼が置いてあった。

一メートルくらいはありそうだ。その石臼が風車の車軸と連動して回転している。

「あれで、アイテムを粉砕できるのか？」

近寄ってみると、ウィンドウが立ちあがった。石臼に何を投入するか、問いかけが表示される。

しかしこの施設、意外と使いづらいかもしれない。手持ちのアイテムがほとんど選べないのだ。

多分、粉にできないアイテムを石臼に投入した場合、時間をかけてゴミができ上がるだけなのだろう。

「……まずは絶対に確実なものを試しに挽いてみよう」

俺は食用草を粉にしてみることにした。自分で作る場合はかなり品質が下がってしまうが、さてこの石臼だとどうだろうな。

錬金の乾燥を使用した食用草を選択して投入する。

「おお、ちゃんと臼の中に草が入って粉砕されていくぞ」

「ムー」

オルトと一緒に臼を覗き込むと、ちゃんとアイテムが擂り潰されていく様が観察できた。

こういう絵面って、どうして見続けちゃうんだろうな？　洗濯機のドラムの中とかに通じるものがあるのだ。回転に秘密があるのか？

とりあえず、臼はこれでいい。

「で、問題はこっちの風耕柵なんだが……。どうだオルト？」

「ムー……」

やはりこの風耕柵で作ることのできる作物は、今は存在していないらしい。となると風霊門に期待である。

「まあ、探索は明日だな。頑張ってエアプランツを採取するぞ！」

「ムムー！」

気合を入れた翌日。ログインした俺は、まず最初に風車塔を確認しに行くことにした。

風車塔の中の石臼の前に立つと、ウィンドウが表示される。そこには、食用草の粉末というアイテムが表示されていた。

見事に、期待通りのアイテムができ上がっていた。品質も、イベント村で買う物より僅(わず)かに高い。

自分で作ったものと比べるなら雲泥の差だ。

「これがあれば料理の品質が上昇するかもしれん」

俺は早速試してみることにした。納屋に向かい、ルフレを呼び出す。

「ルフレー、ちょっといいか？」

「フムー？」

「ちょっとここに水出してくれ」

「フム！」

ルフレが指をピピッと振ると、空中に水の球が生み出され、そのまま鍋の中にゆっくりと着地する。一切水がこぼれない。

「さすがルフレだな！」

「フムー」

俺はルフレの頭をグリグリと撫でてやりつつ、準備を進めた。

ルフレの出してくれた高品質の水と、臼から回収した粉、さらにハチミツと青どんぐりを加えてクッキーを作る。

簡単な作り方でササッと完成させたクッキーだったが、品質が★8と非常に高かった。

「ほうほう。味はどうだ？」

でき上がったばかりのクッキーを食べてみる。うん、美味しいな。まあ、品質が低いクッキーと味の差があるかは分からんけど。以前と変わらず美味しい。

「俺ごときの舌では味の違いは分からないけど……。バフの効果がある食べ物だったら、効果が高まるだろうな」

料理の品質が上昇すれば、付いているバフの効果も上昇する。有用な料理を作るのにこの粉を使えば、冒険の役にも立ってくれるだろう。

「やっぱり臼は面白そうだ」

次は何を粉にしようか？　食用草の粉の使い勝手がいいのは確かなんだが、他のアイテムも試してみたい。

悩んだ末、俺は青どんぐりを粉にしてみることにした。リアルにもどんぐり粉は存在するし、ゴミになる可能性は低い気がするのだ。青どんぐりを投入すると、ゴリゴリと青どんぐりが潰されていく音が聞こえる。

少し待てば、青どんぐり粉ができ上がっていることだろう。

「次は、ダンジョンに連れていくパーティメンバーを決めないとな」

風霊門を探索して、新たな素材をゲットせねば。

今回、安心安全の盾役、オルトは連れていかないつもりだ。

「風属性ってことは、オルトがモロに弱点属性なんだよな」

モンスターには色々と弱点がある。地水火風の属性だったり、斬突打といった攻撃の種類だった

り、様々だ。土属性だから絶対に風属性が弱点ということはなく、モンスターによって違っていた。その中で、ノームは風に弱いということが知られている。俺が自力で発見したんじゃなくて、アメリアに教えてもらったんだけどね。いくらオルトが防御特化とはいえ、さすがに風ダンジョンは辛いだろう。ギミックも風だし、出現モンスターも風属性を持っているはずなのだ。

「となると、サクラ、ヒムカ、ルフレ、クママ、リック、ファウで決まりだ！」

ドリモも今回はお留守番である。少しだけ入った風霊の試練を見る限り、小回りの利くモンスターたちの方が戦いやすそうだからだ。

「うん？　メッセージがきてるな？　ああ、エリンギか」

畑を出発する時に、フレンドのエリンギからメッセージが届いていることに気づいた。内容は、ダンジョンや縁日でのお礼と、情報料の受け渡しについてだった。

実は、エリンギたちと一緒に入手したマヨヒガなどの情報に関しては、彼らに扱いを任せることにしたのだ。

俺は特に隠す情報もないと思っていたけど、エリンギたちは売る情報と秘匿する情報を少し考えたいらしかった。だから、俺のスクショやログの画像を渡して、どれを売るかはエリンギたちに一任することにしてしまったのだ。俺は早く風霊門に行きたかったしね。

俺が行くべきだとゴネられたが、そこはリーダー権限を発動してやったぜ。

「一番情報を知ってるのは白銀さんなのに、まるで手柄を奪うみたいです」

「我々が情報料を誤魔化すとは考えないのですか？」

「というカ、四分割はあり得なイ」

などなど、エリンギもブランシュも冬将軍も最後まで粘っていたが「リーダーに逆らうのか！」と言ってやった。ふふん。俺を無理矢理リーダーにしたんだから、最後まで言うことに従ってもらったぜ。

「えーっと、俺の取り分は二〇万？」

エリンギたちは、俺の取り分が多いのは当たり前だ。八割は貰うべきだって最後まで言っていたんだが、本当に俺の取り分を八割にしたらしい。

「四分割でいいって言っておいたのに」

まあ、会った時にもう一度相談すればいいか。それよりも今は風霊の試練だ。

「いや、そうだ。その前にスキルスクロールを開いておこう」

風霊門の一番乗り特典で、ランダムスキルスクロールをもらったのを忘れていた。あの場で開ければ、みんなのスキルの情報も手に入ったのだろうが、風霊の街や試練に夢中になり過ぎて全員忘れてしまっていたのだ。

「じゃあ、早速。オープンっと」

スクロールを開くと、俺の体が光に包まれる。そして、ステータスを確認すればば問題なくスキルを取得できていた。お手軽でいいね。

「刻印・風？　なんだこれ？　聞いたことないんだけど」

戦闘スキルなのか生産スキルなのかも分からない。

俺はとりあえず、刻印を発動させてみたんだが……。

「対象がとれないせいでスキルが発動しないな。ルフレはこのスキルの使い方分かるか？」

「フムー？」

「分からんか」

ルフレも分からない様子で、首を傾げている。

「アクティブスキルなのは確かだよな」

招福などの常時発動型であるパッシブスキルと違って、対象を選ぶことができた。

自分で指定して、何らかの影響を対象に与えるタイプのスキルであることは間違いない。

「でも、町中で使えるんだから生産スキルっぽいよな」

俺は納屋の中を歩き回りながら、刻印の対象にできる物を探してみた。

そして、ついに発見する。

「この木製の湯飲み？」

サクラが作ってくれた湯飲みである。だが、湯飲みを選択した後、使用する道具を選べという表示が出て、結局スキルを使用することはできなかった。

どうやら、道具を使って、物体に何かを刻印するというスキルであるようだ。

「うーん、これの検証も風霊の試練から戻ってからだな」

「フム！」

「ルフレもやる気満々だな」

「フームー！」

俺はルフレと一緒に他のモンスを呼びに行き、風霊の試練探索隊を結成した。

「じゃあ、いくぞー！」

「フムー！」

そうして風霊の試練に戻ってきた俺は、最初の部屋に足を踏み入れた。

相変わらず、目を奪われるほどに綺麗な場所だ。

美しい緑色の足場が、白い霧の向こうへと伸びている。

「うーん、進むにはなかなか勇気がいるよなぁ」

ただ、綺麗なだけではない。

通路の幅は二メートルないだろう。しかも両サイドには手すりもなく、足を踏み外せば谷底に真っ逆さまである。谷底から吹き上がる僅かな風が、幻想的な光景にリアリティを与えていた。

高所恐怖症でなくとも、一歩を踏み出すのは少し躊躇われるのだ。

「細い道だな……」

横並びするにはちょっと怖い幅だ。往年の名作ＲＰＧのように、一列になって進むしかないだろう。

「ヒム……」

「フム……」

「クマー……」

ヒムカとルフレが、クママの腕にしがみ付きながら、恐る恐る下を覗いている。さっきまでの威勢

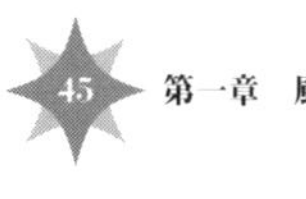

はどこへやら、明らかに腰が引けている。

クマママも覗いてみたいようだが、今動くとヒムカたちが危ない。じっと動かずに我慢していた。

「みんな、落ちないように気を付けるんだぞ」

「――――！」

「キキュ！」

クマママを先頭に、電車ごっこのように進む。だが、ヒムカはどうしても前が気になるのか、横からひょっこりと顔だけを出しているけどね。

その状態で攻撃を受けたら、絶対にバランスを崩すぞ？

「ヒムー……」

慎重に歩を進め、ゆっくりと通路を抜けた先にあった部屋は、最初の部屋とほぼ同じ造りをしていた。

壁はなく、少し広めの緑色の足場の周囲を、壁のように霧が囲む形だ。

モンスターがいるかどうかだけが違っている。

「ブリーズ・キティ？　め、メッチャ可愛い」

「ウニャー！」

部屋で待ち構えていたモンスターは、どこからどう見ても子猫だった。白地に緑の虎柄の、美しく可愛い子猫だ。

モンスターというより、もんすた〜って感じだった。

「ほ、欲しい……」

あの子猫をぜひテイムしたい！　アメリアたちがノームに執着する気持ちが分かってしまったかもしれん。あの子猫を腕に抱いて、喉を撫でてゴロゴロさせたい！　猫じゃらしを使ってピョンピョンジャンプさせたい！

だが、すぐに俺は絶望に叩き落とされることになる。

「テイムの対象に指定できない、だと……？」

つまりあの子猫は、他の精霊門などにもいたサモナー専用モンスということなのだろう。ポンドタートルやストーンスネーク、ファイアラークと同じだ。

「ま、まじか……」

絶望である。敵の前だというのも忘れ、両手両膝を突いて叫んでしまった。

「嘘だろぉぉぉぉぉぉ！」

すると、嘆く俺の肩にリックが乗り、ポンポンと頭を叩いてくれる。慰めてくれているようだった。

「キュー？」

「そ、そうだよな。俺にはお前たちがいるもんな。あー、モフモフするー」

「キュー？」

リックを持ち上げて、そのフカフカの腹に顔を埋めたらちょっと落ち着いた。うむ、いいモフモフだ！

「モーモフモフー。いいねー」

「キュー」

手に入らんものは仕方ないし、ここは経験値になってもらいましょう。

「よし、みんな行くぞ！」

このパーティの場合、アタッカーはクママ。あとはサクラかな。

「クックマー！」

「ウニャ！」

「――――！」

「ニャー！」

ほほう、猫なだけあって結構素早いようだ。だが、打たれ弱いらしい。着地際を狙っていたサクラの鞭で大きく吹き飛ばされていた。

続く俺のアクアボールが決まると、それであっさりと決着だ。

ただ、このダンジョンで真に危険なのはモンスターではなかった。恐ろしいのはやはりダンジョンギミックだったのである。

「ヤヤー？」

「ファ、ファウー！」

次の部屋へと向かうための細長い通路を進んでいる最中。

俺たちに横風が吹きつけていた。

風自体はそこまで強くはなかったし、俺は防風のネックレスを装備しているので大した影響はない。ただ、不意打ちで風がビュオォと吹きつけてきたので、結構驚いたのだ。

俺の頭の上に座っていたファウもビックリしたらしく、バランスを崩して落下してしまっていた。

しかも、風でわずかに流されたせいで、通路ではなく谷底へと落ちていく。思わず手を伸ばしたんだが、ギリギリ届かなかった。

「ファーウー！」

「ヤヤ～！」

俺の指をすり抜け、ファウは落下していく。

見開かれたファウの瞳が、俺を見上げていた。

「ファウッ！」

このままでは――。

「ヤー」

まあ、ファウは飛べるから全く問題なかったけどね。焦り過ぎてて、その瞬間には完全に忘れていた。

「び、びびった～」

「ヤヤー」

ファウも額の汗を拭う仕草をしている。こいつ、途中まで胡坐(あぐら)をかく体勢のまま落ちていったからな。自分でも飛べることを忘れてたんじゃないか？　本気で焦った顔をしてたもん。

「大丈夫か？」

「ヤ！」

「ファウは平気だとして、他のみんなは気を付けろよ？　特にリック。軽いんだからな」

「キュー！」

先に行ったら、もっと強い風が吹く場所もあるかもしれんし、気を付けていかないと！

「ギュー！」

「って決意したばかりなのに！」

どうやらこの通路、時間経過で風が吹くらしい。次の部屋に入るために準備を整えていたら、今度はリックが吹き飛ばされてしまった。

しかも、さっきのファウよりも遠くに。今回はマジで――。

「――！」

「キュー」

「あ、あぶねー。サクラ助かったぞ！」

「――♪」

もう打つ手がないと絶望しかけたその時、サクラが咄嗟に鞭を伸ばしていた。リックは鞭に必死にしがみ付き、何とか死に戻りを免れる。

「リック、ちゃんとしがみ付いておけって言っただろ！」

「キュー」

額を拭って、「ふー、危なかったぜー」じゃないよ！

それにしても、心臓に悪いダンジョンだな！

「今度こそ。今度こそ気を付けて進むぞ！」

「キュー！」

「なんでお前がそんな自信満々に手を上げられるのか不思議だぜ」

「キュ？」

次の風が吹く前に部屋に突入すると、そこはなかなか厄介な造りをしていた。

中央に大きな穴が開いた、ドーナツ形の部屋だったのだ。そこにはモンスターが三体も待ち構えている。二体は、さっきもいた子猫ちゃん型モンスターのブリーズ・キティだ。

そしてもう一体。空飛ぶ殺人人形とでもいえばいいのだろうか？　チャッ○ーに似たホラーフェイスの幼児が空を飛んでいた。

メッチャ怖いけど、あれこそが俺たちの求める相手であった。いや、求めているのはユニーク個体だけどさ。

「狂った風霊だな。みんな下に落とされないように気を付けろ！」

「キュ！」

「特にリックがな！」

「キュ？」

やっぱ心配だぜ。ただ、そんなこと言ってたら、モンスターに気づかれた！

狂った風霊が、こちらを見て叫び声を上げる。

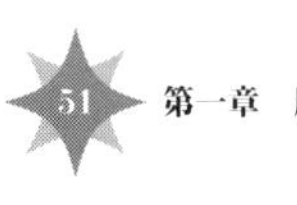

「キイイイイイ！」

「うげー、どこの試練でも、狂った精霊は不気味だな～」

狂った風霊は幼児の姿である分、他の狂った精霊よりもちょっと怖いかもしれない。妙な迫力があるし、ホラー感も強かった。

「足場が狭くてあまり激しく動けん。遠距離攻撃で削れ！」

「――――！」

「キュ！」

俺もアクアボールを放って、狂った風霊を攻撃する。

ヒムカたちにはブリーズ・キティの接近を阻むように指示したんだが、これが俺の指示ミスだった。

「ウニャ！」

「ちょっ！　ずるい！」

なんとこの子猫ちゃん達、空を飛ぶことができたのだ。いや、空を蹴って走っているといった方が正しいか？

そりゃあ、こんなダンジョンに出現するわけだし、落下しないような能力を持ってるよな。

気づいた時には無防備な状態で真後ろに回り込まれてしまっていた。

「ウニャニャー！」

「その姿で突進かよ！　ぐっ！」

風の反動を使っているので、衝撃が大きい。ダメージではなく、明らかに下に落として倒すことを

目的にした攻撃だろう。

「このダンジョン、イヤらし過ぎだろ！」

それでも何とか落下することだけは免れ、遠距離攻撃でモンスターたちを撃破していく。

ただ、これから先、敵の数が増えていくとかなり厳しそうだ。

他の精霊の試練に登場するモンスターに比べ、戦闘力自体は低いだろう。攻撃力も防御力も大したことはない。だが、敵の回避力が高い上に、飛行能力持ち。しかも攻撃には吹き飛ばし属性が付いている場合も多い。ただ戦闘力が高いよりも、数段厄介である。

いつか落下させられて、死ぬ未来しか見えなかった。

「うーん。探索はそこそこにして、シルフゲットしたら帰るか」

「ヤー？」

俺の言葉に、ファウが「なんで？」って感じのジェスチャーをする。

ファウはこのダンジョンが気に入ったらしい。風に流されるのが、逆に楽しいらしい。アトラクション感覚なんだろう。

「いや、俺たちは飛べないからな？」

「ヤー」

そんな残念そうにされても、延長はしないぞ。

風霊の試練を進むこと一時間。

何とか生き延びつつ、それなりの成果を上げることができていた。

「素材はいくつか取れたな」

「キュー」

「ヤー」

「うんうん、分かってる分かってる。お前らのおかげだ」

特にこのダンジョンでゲットしたかったエアプランツは、足場の裏側など、少々採取するのが難しい場所に生えている。それを安全にゲットできるのは、登攀を持つリックと、飛行ができるファウのおかげだった。

「こっちが防風草。こっちが暴風草。見た目は似ているが、名前が違うな」

採取した草の内、防風草が七つ、暴風草が一つという割合だ。レア度に関しては同じ3なのだが、このダンジョンでは暴風草の方が珍しいらしい。

「問題は鉱石か」

オルトがいないので、採掘が全然できていない。どうも、採掘ポイントも足場の裏側にあるっぽいんだが、ファウとリックでは採掘ができないし、俺もそこまで行くのは命懸けだ。

「しかし、ここまできて採掘をしないのは勿体ないしな……」

仕方ない。頑張るとしよう。

「みんな、協力してくれよ？」

「クマ！」

「ヒム！」

やることはさほど難しくはない。

ロープを柱に結び、逆側を俺の胴体に巻き付ける。

後はモンスたちに引っ張ってもらい吊り下がり、採掘ポイントを目指すのである。いわゆる懸垂下降ってやつだ。

ただ、ロープ以外の器具は持っていないので、高度の調整はモンスたちの力頼りになる。

パワー自慢のクママやヒムカに頑張ってもらいたいところだな。

「じゃあ、少しずつ下げてくれ！」

「ヤ！」

「キキュ！」

「……クママ、ヒムカ。頼んだぞ？」

ファウとリックが真っ先に手を上げたけど、なんでそんなに自信満々なんだ？　俺の重さを支えきれずに、一緒に引きずられる未来しか見えないんだけど。むしろ、クママたちの邪魔だけはしないでくれよ？

「クックマー！」

「おー、いい感じだ！　もう少し下げてくれ！」

「ヒムヒムー！」

「うぉぉお！　か、風で揺れる！」

想像の倍くらい怖い！

下は底なしだし、風で揺れるし！

「あああ！　リック！　邪魔をするなと言っているだろ！」

「キュ？」

俺の悲鳴を聞きつけたからか、リックがロープを伝って俺のもとまで下りてきた。

その気持ちはありがたい！　ありがたいんだけどもぉぉ！

揺れるんだよ！　リックが動く度にメッチャ揺れる！

「と、とりあえずこっち来い。で、しばらくじっとしてるんだぞ？」

「キュ」

リックを頭の上に乗せ、動かないように指示する。

マジで怖かった。普段はちょっとお馬鹿なところも可愛いんだけどさ、状況を見て行動することも覚えてもらいたいものだ。

その後、さらに高度を下げながら、採掘ポイントを目指す。そして、ようやく目当ての場所を発見していた。

「見えた。採掘ポイントだ」

足場の真裏に、光っている場所がある。間違いなく、採掘ポイントだった。

「だが、ツルハシが届かないな……」

垂直に下降してきた俺だが、採掘ポイントまでは三メートルくらいはありそうだ。ツルハシを持った手を伸ばしても、ポイントには届かない。

「キュ？」

「あそこのちょっと突き出た岩のところに、ポイントがあるんだ」

「キュー！」

「うぉぉ？　だから大人しくしとけと言ってるだろ！」

思案していると、リックが再びロープを伝って、上へと戻っていった。全く、落ち着きがないんだから。

だが、リックはただ遊んでいたわけではなかった。

なんと、数秒も経たずに、ファウを伴って戻ってきたのだ。

「キュ！」

「ヤー！」

リックの指示なのか、ファウが俺の背中に回ってグイグイと押し始める。

俺を持ち上げるほどの力はなくとも、ぶら下がっている状態なら揺らすくらいはできるようだった。

「ちょ、ファウ！　なにやってんの！　揺れてるから！」

「ヤーヤヤー！」

「キーキュー！」

しかし、チビーズのご乱心は止まらない。

リックの掛け声に合わせて、ファウが俺をタイミングよく押し続ける。段々と振り幅が大きくなり、揺れも激しくなっていく。

最初は意味が分からなかったが、すぐに二人の意図が理解できた。

どうやら俺を大きく振ることで、採掘ポイントに届かせようとしているらしい。

悪くない作戦だ。対象が俺じゃなかったらね！　だが、ここまで来てはもう止められないだろう。

「くぅぅ！　こうなったら仕方ねー！　やったらー！」

「キューキュ！」

「ヤーヤ！」

「どりゃあああああ！」

ブランコのように前後に振れながら、採掘ポイントに向かってツルハシを叩き付ける。そして、俺は見事採掘に成功していた。

俺の歓声が聞こえたのだろう。クママたちが俺をゆっくりと引き上げてくれる。

いやー、マジで怖かった。命からがらっていうのはこういうことを言うんだろう。一ヶ所で採掘するのに、メチャクチャ時間もかかったし。

「……うむ。もう採掘はせんとこ」

ワクワクしながらインベントリを確認すると、入っていたのは低品質の鉄鉱石だけであった。

経験上、風鉱石が取れるはずなんだが……。俺の採掘レベルでは確率が低いのだろう。マジで時間の無駄だったのだ。

やはり、採掘にはオルトが必要だった。

しかし、出現モンスターが風属性の攻撃ばかりしてくるこのダンジョンに、オルトを召喚するのはちょっと難しい。

「帰りに召喚して、少しだけ採掘してもらうか。とりあえずはシルフゲットが最優先で」

そのままさらに四部屋先に進んだ場所で、俺たちは狂った風霊のユニーク個体に遭遇していた。

「やった！　遂にきた！」

称号などのおかげで出会いやすいはずなんだが、結構時間がかかったな。まあ、物欲レーダーさんが仕事をしているんだろう。

普通の狂った風霊は緑の髪の毛なのだが、目の前の狂った風霊は白い髪の毛だ。これはシルフの長と同じ特徴である。間違いなくユニーク個体だ。

「よし、倒さないようにテイムするぞ！　サクラ、拘束を頼む」

「――――！」

「みんなは、他のモンスターを相手してくれ！」

「クマ！」

「キキュ！」

勢い込んで戦闘を開始した俺たちだったが、泣きたくなるくらい大変だった。

俺の手加減アクアボールでＨＰを削るところまではいったんだが、飛ぶモンスターを拘束するのはサクラでも難しかったのだ。

それでも、麻痺(まひ)花粉を撒(ま)き散らす花を生やす樹魔術『グロウパラライズ』をサクラがしつこく繰り返し、なんとかその動きを止めることに成功していた。

「よし！　いいぞ！」

「――！」

麻痺状態にした位置も完璧だ。あそこなら谷底に落ちることもない。真下がちょうど地面だ。

「あとはテイムするだけ――あ？」

「――……」

思わずサクラと顔を見合わせてしまった。だって、狂った風霊が目の前で死んでしまったのだ。何が起きた？

「……ああ、もしかして落下ダメージ」

「――！」

飛んでいるところを麻痺させたため、狂った風霊は一メートルほどの高さから地面に落下していた。普通ならあの程度の高さで落下ダメージは発生しないはずなんだが……。

多分、打ち所が悪かったんだろう。もろに頭から落ちたのだ。手加減アクアボールで残りＨＰが１まで減っていたことも災いした。

「風結晶が手に入ったからいいもんね……」

そう自分に言い聞かせなくては泣きそうなのだ。

「はぁ、仕方ない。次は麻痺させてからＨＰを削ろうな」

「――……」

落ち込み気味のサクラを慰めつつ、俺たちはさらに先へと進むのだった。

それからさらに二時間後。

「召喚！」

「フマー！」

俺はようやくテイムしたシルフを、牧場から召喚していた。入れ替えたのはリックである。

名前：アイネ　種族：シルフ　基礎Lv15
契約者：ユート
HP：38／38　MP：60／60
腕力8　体力10　敏捷15
器用13　知力12　精神8
スキル：糸紡ぎ、風魔術、採集、栽培、機織り、浮遊、養蚕（ようさん）
装備：風霊の針、風霊の狩衣、風霊の鞄（かばん）

「フマ？」

「よしよし、可愛いな～」

ユニークシルフのアイネは、シルフの長にソックリだった。違うのはさらに幼く見えるということと、杖を装備していないところだろう。あと、服もアイネの方がやや地味だ。

だが、白い髪の毛や、白ブラウスに緑かぼちゃパンツという基本的な部分は一緒である。

それにスキルもなかなか面白い。被服皮革を持っていると予測していたんだが、その前段階のスキルだった。糸や布を作ることができるらしい。

「養蚕ね……」

　きっと、養蜂と同じで巣箱やら何やらが必要になるだろう。

「また必要な物を揃(そろ)えないとな。これからよろしく頼むぞ、アイネ」

「フマ！」

「じゃあ、目的も達成したし、戻りますか」

「フーマー！」

　パーティにアイネを加えた俺たちは、その能力の確認もしながら試練の入り口に戻ってきていた。ああ、一緒にオルトも召喚して、採掘も同時並行でお願いしている。

「アイネはやっぱ攻撃は無理か」

「フマ」

　手には三〇センチほどの長さの針を持っているんだがな。いや、これだけ長いとレイピアにしか見えんけど、名前は風霊の針となっている。

　これでモンスターを突けばダメージを与えられそうなものだが、攻撃に使う様子はない。他の精霊たちと同じで、戦闘中は受けにしか使用できないのだろう。

　風魔術なども同様で、攻撃の術がないようである。しかも、体が小さいので盾役も難しい。四属性精霊の中で、最も戦闘が苦手かもしれなかった。

その代わり、採集が優秀である。浮遊スキルで飛ぶことができるため、リック以上に様々な場所からアイテムを拾ってこられるのだ。また、移動も意外と速いおかげで、戦闘では囮役(おとりやく)を任せるくらいはできそうだ。

「浮遊に必要なMPの消費は少ないみたいだな。これはファウと一緒か」

「フーマー！」

「ヤヤー！」

二人が楽しげに空中追いかけっこをしているが、同じくらいの速度だろう。それに、一向にMPが減る様子もない。

常時飛行を続けていても、自然回復で相殺される程度の消費しかしないようだった。戦闘でMPを使い果たさない限り、問題はないだろう。

よかった。何がよかったって、浮遊してないと長く白い髪の毛が地面に触れるのだ。いや、風霊門の入り口で出会ったシルフの長と比べると短いんだが、それでも自分の身長とほぼ同じくらいの長さがある。歩くと、先端が微妙に地面に擦(こす)れるくらいかね？

「お、今の戦いで杖のスキルレベルが上昇したな。新しいアーツはメディテーションか」

メディテーションはその場でジッと動かずに精神集中を続けると、MPをジワジワと回復させられるというアーツだった。

戦闘中でもMPを回復させる手段として利用できるため、俺のような後衛にはそこそこ有用なアーツだろう。まあ、回復量は微々たるものであるため、大技撃ち放題とはいかないけどね。せいぜい、アクアボールを数発撃つためのＭＰを何とかできる程度か。

俺も色々成長しているんだな。なんか、感慨深い。

「アイネの能力も分かったし、一度戻ろうかな」

「フーマー」

白髪幼女が俺を先導するように飛んでいく。うーん、可愛いモノ好きたちがまた騒ぎそうだ。

「基本は、畑やホームに設置するだけでいいんだな」

「フマ！」

風霊の試練を抜けて畑に戻ってくる間に、養蚕についても軽く調べてみた。

掲示板などを調べたのではなく、ソーヤ君に聞いてみただけだけどね。結構詳しく知っていたのだ。

当然、リアルの養蚕とは全く違うものだった。

まずは養蚕箱と餌が必要であるらしい。蚕はどうするのかと思ったら、養蚕スキル持ちが養蚕箱を使用すれば勝手に出現するという。養蜂の蜂と同じ原理である。

また、ＬＪＯの蚕は桑の葉だけではなく、他の植物も食べるそうだ。その餌によって、品質や属性、糸の種類などが変わるらしかった。

色々と実験するのも楽しそうだ。

「じゃあ、後は畑に設置するだけか」

実は、養蚕箱と桑の葉に関してはすでに入手済みだ。風霊の町で普通に売っていたのである。シルフの町だし、当然なのかもしれないが。

「どこがいい？」

「フマ！」

畑に戻った俺は、早速アイネに養蚕箱をどこに設置すればいいのか尋ねる。

すると、畑を少しの間見て回ったアイネは、ある場所を指し示した。

「フーマー」

「ここか」

アイネが指差したのは、養蜂箱の置いてある区画の隣である。

「もしかして日陰の方がいいってことか？」

「フマ！」

置く場所も、糸の品質などに関係してくるみたいだ。養蜂箱の近くなら管理するのが簡単でいいね。

「クママ、ここに養蚕箱を置いて問題ないか？」

「クックマ！」

問いかけてみると、クママが両腕を上げて頭の上で丸を作る。オッケーなようだ。養蜂箱への影響も特にはないのだろう。

アイネの場合、浮遊があるので踏み台も必要ないし、楽なものだ。畑に置いて、アイネが何やらモニョモニョ念じたらそれで設置完了である。

「じゃあ、お蚕様が糸を生み出してくれるのを待つとするか」

「フマ」

「クマ」

アイネの隣で、クママも養蚕箱を覗いている。興味があるらしい。

それにしても、髪が長くて白いフワフワ浮く幼女と、黄色い熊が仲良く並んで箱を覗き込む絵は、メチャクチャファンタジー感が強かった。まるで絵本の世界である。

「クマ?」

「フマ!」

「クーマー」

因(ちな)みに蚕が吐き出した糸は、蚕を殺さずとも繭として回収できるそうだ。そもそも蛹(さなぎ)になったりもしないらしい。

ここまで来るともう蚕じゃないよな? まあ、ゲームだしね。

そうやって養蚕箱の中を覗いたりしていると、俺を呼ぶ声が聞こえた。

「ユートさーん!」

振り向くと、見覚えのある女性プレイヤーがこちらに駆け寄ってくるところだった。いや、その視線はクママの方しか見てないが。

「やーやー、おひさしぶりー」

「アシハナ、随分と早かったな」

「へへー、店売りの養蚕箱に興味があってさ。それに渡さなきゃいけないものもあったし」

養蚕箱に関してアドバイスをもらうために、アシハナにも連絡を取っておいたのだ。というか、ソーヤ君と一緒にいたため、向こうから首を突っ込んできた。

「これが養蚕箱?」

「今設置したばかりだけど、どうだ？」

「うーん、そうだね。多分、これよりいいやつが作れると思うよ。でも材料を揃えないといけないから、何日かもらうけど」

「それで構わない。お願いしていいか？　依頼料はどれくらいだ？　材料費は勿論払うけど」

「じゃあ、私もアメリアたちと同じじゃダメ？」

「アメリアたち？」

「うん！」

なんと、支払いは材料費だけでいいという。その代わり、アプデ後にうちの子を撫でる権利と、畑に入る権利が欲しいということだった。

俺がいない間に畑に入れても、今みたいな触れ合いはできないようになるんだが、本当にそれでいいのか？　いや、トップ木工プレイヤーに特注でアイテムを優先的に作ってもらうのがその程度でいいなら、俺は全く構わんけどね。

「本当にいいのか？」

「勿論！　触れ合いができずとも、生で見られるだけで価値があるもの！」

いいらしい。

キリッとした顔で言い切った。

「あ、あとね、これを渡さなきゃいけなかったんだ！　はい！」

「いや、なんで俺が金を受け取るんだ？　むしろ払う側だと思うんだが？」

「えー？　忘れちゃったの？　フィギュアの代金だよ！　売り上げの二〇パーセント支払うってことになってたじゃん」

「ああ、そういえば……。え？　二〇パーセントでこんなにもらっていいの？」

「白銀さんの従魔シリーズは大人気だからね」

「いやで、でも、一二〇万？」

アシハナ、いくらなんでも高過ぎじゃ？　でも、売れてるんなら適正な価格ってことか？　何の効果もない木彫りの人形だぞ？

「第一弾から第三弾までの売り上げを合わせた金額だから。それとこれ。約束してた、ユートさんに渡す分ね」

「あ、ああ」

驚く俺の前で、アシハナが木製フィギュアを取り出して並べていく。ちゃんと、置くための台座付である。

「おー、やっぱりいい出来だな」

「でしょ？　自信作だからね！」

いつかホームをゲットしたら、ぜひ飾らせてもらおう。

「あ！　私もう行かなくちゃ！」

「え？　お茶くらい出すぞ？」

「ごめん！　ログイン限界が近いから！　このままだと強制ログアウトになっちゃう！　あ、でも、またお願いがあったんだ！」

「なんだ？」

「スクショ！　モンスちゃんのスクショ撮らせて！」

自分の趣味なのかと思ったら、次回に作るフィギュアの参考にしたいらしい。それなら好きなだけ撮ってくれて構わないけど……。

「やーん、可愛い！　最高！」

趣味じゃない？　まあ、別にいいけどさ。

その後アシハナは、時間ギリギリだと言って足早に去っていった。

次のフィギュアのでき上がりが楽しみである。

しかし、アシハナが置いていったフィギュアはどうしようか。飾る場所もないんだよね。

「やっぱり、ちゃんとしたホームが欲しいよなぁ」

俺がそう呟いた直後であった。

ピッポーン。

「お？　何の通知だ？」

ウィンドウを確認してみると、運営からの通知メールが届いたところであった。しかも三通。そのうちの一通のタイトルが目に入る。

「ホームエリアの開設と、マスコットシステムの導入について？」

なんとタイムリーな。運営、俺のこと見てる？

「で、もう一通が……なんだこれ？」

運営からのお詫びというタイトルだ。

ホームエリアなども気になるが、先に短めで簡単に読めるお詫びメールの方を開いてみる。すると、さっきの迷惑プレイヤーに関することであった。

エルフたちの方に関しては、度重なるマナー違反などを加味してリアルで一週間のアカウント停止措置と、ブラックリストプレイヤーとして監視対象になるらしい。

そして、最初に怒鳴っていたプレイヤーはアカウント削除になったそうだ。まあ、アメリアに対してRMTを提案していたそうだし、仕方ないだろう。

メッチャ対処が早いな。迅速に対処っていうのは正にこのことだろう。

俺としても文句はない。

そして、残ったメールは全プレイヤーへの普通の告知メールだった。

「えーっと、なになに……」

ゲーム内で本日の夜に予定されている大規模アップデートの告知や、それに関する様々なお知らせのメールだった。

公式サイトで確認できる内容だが、その辺に全く興味のない人への周知徹底用なのだろう。一応確認してみると、いくつか面白いお知らせが交じっていた。

「新規プレイヤー用のボーナスアイテム詰め合わせね」

明日から数日の間に初ログインしたプレイヤーに与えられる、使い捨てアイテムセットがある。第

二陣用のブーストアイテムだろう、
最初に了承したゲーム規約にも、第二陣などには第一陣との差を埋めるためのボーナスが与えられると明記されていたので文句はない。最近のインターネットゲームでは当たり前のことだしな。

そのボーナスセットを、新規じゃないプレイヤーにも課金アイテム扱いで販売するということだった。

これも事前に告知があったので知っているが、メールでは正確な内容が記載されている。そこに面白そうなアイテムが入っていたのだ。

「経験値アップチケットや、レアアイテムドロップ確定チケットは予想通りだったけど……。そのエリアのユニークモンスターが出現するお香って、あれだよな」

リックを手に入れる際に利用した、モンスターを引き寄せるお香だ。あれは始まりの町周辺でしか使えなかったが、こっちはどこでも使えるらしい。その代わり、入手からゲーム内で一〇日間という使用期限があるようだった。

「あと、これもちょっと欲しいぞ」

それはスキルチケットというアイテムだった。スキルスクロールは、その中に封じられたスキルをゲットできるというアイテムだったが、これはリストの中にあるスキルを一つ自分で選択してゲットできるというアイテムだ。

基礎スキルばかりなんだが、ポイントを温存できるのはありがたい。

「一〇〇〇円、三〇〇〇円、五〇〇〇円のパックがあるか……。しかも全部は買えず、どれか一つだけと」

当然五〇〇〇円のやつだな。今から事前申し込みができるみたいだし、買っておこう。
あと、第二陣関係の情報で気になったものとなると、ミニイベントの開催告知だ。
一時間ほどで終了する、ミニイベントが行われるらしい。数日間にわたり、全部で二〇回は開催されるようなので、チャレンジしてみるつもりだ。賞品はポーションやお金である。ショボイが、こういうのは記念なのだ。複数回のチャレンジはできないとあるが、この賞品では複数回参加するメリットなどないし、元々参加しようとする人間なんかいないだろう。

「それと、ホームエリアとマスコットシステムの実装ね」

ホームエリアは、その名の通りプレイヤーホームのみが集まった新エリアであるそうだ。
住宅街ってことなのだろう。
始まりの町や第二～第五エリアの転移陣からは無料で転移できるが、他の場所から転移するのはお金が必要と。イベント村と似た扱いだな。
これに合わせて、イベント村も第五エリアまでは無料で行き来ができるようになるそうだ。ゲームが進めばまた変わっていくのだろう。

「ホームか～。欲しいけど、今の畑が便利なんだよな」

畑の納屋は簡易ホームなので機能は大幅に制限されてしまうが、扉を開けて即畑というのは非常にありがたかった。

「でも、色々とインテリアを弄(いじ)って遊びたいのは確かだ」

どうしよう。一番安いホームを買って遊ぼうか？　内装の変更とかもできるみたいだし、フィギュアなんかも飾ってみたい。

あと、マスコットシステムってのは何だ？

「ふむふむ……うちの妖怪たちみたいなものかね」

正式なホームに可愛いマスコットキャラを常駐させ、愛でることができるシステムである。フィールドを連れ歩くことはできず、自ホームか所属クランのホーム。あとはホームエリアのみ連れ出すことができる。

ホームを購入すると、無料で何種類からか選べるらしい。ただ、マスコットには特殊能力などはなく、ただただ可愛がるだけの存在であるという。

しかし、特殊な能力を持ったマスコットは存在しており、そのマスコットをホームにお迎えすれば恩恵があるそうだ。

「ホームにつきマスコットは一体。ただし最大で六体までは上限を増やせるか」

ゲーム内通貨で二体。リアルでの課金で三体増やせると書いてある。最初の一体に二体＋三体で、合計六体ってことらしい。

初期マスコットは犬、猫、兎(うさぎ)、鼠(ねずみ)、豚、熊、蛙(かえる)、梟(ふくろう)、カブトムシ、鯉(こい)の一〇種類だ。そのままの姿ではなく、バスケットボールサイズのデフォルメ姿である。

それがフワフワ浮いている画像が添付されていた。風船っぽさもあるね。

今後、ゲーム内で様々な行動を取ったり、入手した称号やアイテムによって、入手可能マスコットは色々と増えるそうだ。

モンスとの触れ合いが制限されて嘆いているプレイヤーには嬉しいシステムだろう。

それにしてもマスコットか……。

「よし！　やっぱホームをゲットしよう。そしてマスコットをゲットだ！」

うちには可愛いモンスたちがたくさんいるけど、それとはまた違った可愛さがあった。だから仕方ないのである。

「ホームの申し込みは……ホームエリアに行くとできるのか」

ホームエリアの先行お披露目と、販売を行っているらしい。今まであった町中のホームと違って、かなり安いアパートメントタイプの販売や、庭付きの戸建てなど、種類が豊富にあるという。また、ホームエリアも利便性が高く、人気が出そうだった。

「ちょっと行ってみるか」

「キュ！」

「ヤー！」

「はいはい、お前らなら邪魔にならんだろうし、いいぞ」

多分ホームエリアはかなり混雑している。そこにたくさんのモンスを連れていくと、確実に他のプレイヤーさんの邪魔になるだろう。

「肩の上にいろよ」

「キキュ！」

「ヤ！」

そうしてやってきたホームエリアは、案の定凄(すさ)まじく混み合っていた。

ただ、ホームの申し込みに並んでいるというよりも、どんなホームを買うかなどを仲間同士でワイワイと相談しているようだった。

そんなプレイヤーたちの間を縫って進むと、ガラス張りの瀟洒(しょうしゃ)な店舗が見えてくる。一見するとモダンな喫茶店のようだが、スモークガラスなせいで中を見ることはできない。

マップではここが受付となっていた。

「ここが受付？　プレイヤーが全く並んでいないんだが……」

まあ、入ってみれば分かるか。そう思って中に入ってみると、そこは町の不動産屋さんみたいな、ファンタジー感ゼロの事務所だった。外見とのギャップが凄いんだけど……。

どうやら入り口をくぐると個別に隔離される造りであるらしい。ホームの受付をスムーズに行うのと、個人情報の保護を同時に行っているのだろう。

「いらっしゃいませ！」

対応してくれるのも、まんまステレオタイプな町の不動産屋さん風のＮＰＣだ。小太りで、白いワイシャツに黒いスラックス。頭は七：三分けで、黒ぶちメガネ。腕にはアームバンドを着けている。

運営が狙っているとしか思えなかった。

「ホームをお求めですか？」

「あ、はい。どんなタイプがあるんですかね？」

「では説明させていただきます。まずはこちらをご覧ください」

不動産屋さんがテーブルにスッと手をかざすと、俺の目の前にウィンドウが立ち上がる。もうこの場所でファンタジー感を出すのは放棄したのだろう。完全にＳＦの世界だ。

不動産屋さんが見せてくれたのは、ホームの分類表であった。

集合住宅タイプ、居住性重視一戸建てタイプ、庭付き一戸建てタイプ、高級住宅タイプ、屋敷タイプ、農場タイプ、工房タイプ等々、色々と種類があるようだ。

「お一人暮らしですと、集合住宅、一戸建てタイプがお薦めです。生産職の方ですと、農場タイプ、工房タイプですかね。こちら、最初から目的の生産施設などを備え付けることが可能となります」

「自分である程度間取りを決められるということですか？」

「はい。勿論、後々リフォームも可能ですし、住宅タイプの物件に生産施設を増築したりも可能ですので、絶対にここで決めなくてはいけないというわけではありませんが」

居住スペースとしても生産施設としても使えるが、後はどちらに比重を置くかということなんだろう。

俺は何を重視するべきだ？

「うーん、俺はテイマーなんで従魔優先で選びたいんですけど。庭付きで、生産の工房を付けられるのとかありますか？」

「はいはい、ございますよ。例えばこれ。従魔用のスペースも備え付けた、テイマーやサモナー用のホームとなっております」

「あとは……。ああ、そうそう。こちらなどもお薦めですよ。庭が広めです。また、地下などもあるので工房の設置場所もございます」

「ほほう」

「日本家屋風ですか」

「はい。特殊な効果もございますし、掘り出し物ですよ」

「特殊効果？」

「四季や天気、時間に応じて、虫の音などが聞こえる機能です。勿論、オンオフできるのでご安心を」

風流な機能が付いているんだな。でも、面白そうだ。それに、他の家が西洋風なのに対して、これだけが唯一和風という部分にも魅かれる。

「因みにお値段はどうなってます？」

「はいはい、現在のホームはこのような感じですね」

「え？　高っ！」

「何分、特別なホームとなっておりますので」

一番安いアパートタイプで一〇万G。庭付き一戸建てが一〇〇万G。部屋数だけを見れば、普通の庭付き一戸建てに部屋を二つ追加しただけの日本家屋が二五〇万Gとなっていた。

「二五〇……？　手持ちのほぼ全てなんだけど。分割払いとかできないんですか？」

「申し訳ありませんが……」

残念ながらローンは利かないらしい。

こんなに不動産屋さん風なのに、そこだけはゲーム仕様かい！

「……少し考えさせてください」

「はい。こちらが詳しい機能一覧です」

「ふむ」

家は平屋の一戸建て。その分、普通の一戸建てよりも敷地面積が広い。庭などはさらに拡張することも可能で、増やせるそうだ。これはどれだけ広げても、外からは見えない形になるらしい。

獣魔ギルドの牧場のように、謎空間を利用しているようだ。

家は、茶の間、和室×三、台所。あとは納戸に、地下室が二部屋という形だ。和室には押入れまで付いている。

ただ、トイレや浴室はなかった。まあ、ゲームの中じゃ使わんからね。

ああ、あと忘れちゃいけないのが縁側。日本家屋にはこれがなければ。

こうやって間取りを見ると結構広い。また、和室や地下室を工房などに変更も可能だし、庭には畑なども設置可能。ただし、洋室にはできないということで、そこは諦めるしかないが……。

「このトランスポーターというのは？」

俺が気になったのは、屋敷の端っこにあるトランスポーターという表記だった。浴室とか、脱衣所みたいなノリで、普通に間取りに描かれている。

「それはお客様がお持ちのホームを繋げて、転送できるようにする装置です。お客様の所持するホー

ム同士であれば、無条件で転移可能となり、簡易ホームの場合は転送扉を設置すれば移動可能となります」

「簡易ホーム？　それって、畑の納屋も入ります？」

「勿論でございます。ホームから離れた畑や牧場、簡易拠点などに移動しやすくするための機能でございますから」

つまり、転送扉ってやつを各町の畑に設置すれば、畑間の移動が今より楽になるってことだな。いや、畑というか町の移動が簡単になる。これはぜひホームが欲しいぜ。

むしろ、この機能のために一番安いホームを購入するのはありじゃないか？　そう思ったが、アパートタイプには設置されていないそうだ。

「転送扉っておいくらですか？」

「最初の一つは五万G。二つ目以降は三〇万Gですね」

最初の一つはサービス価格ってことか。残りのお金を全て注ぎ込めば、買えてしまう。

というか、もう日本家屋を買うつもりになってしまっているが、それでいいのか俺？

「うーん……。まあ、いいか。縁側でモンスたちと涼みながら一杯なんてできたら最高だしな」

「ヤー！」

「キキュー！」

ファウとリックも賛成らしい。俺の肩の上で嬉しそうに挙手している。

「よし！　決めた！」

「では？」

「はい。日本家屋を買います。あと転送扉も」

「ありがとうございます。では、ホームの場所はどうされますか？」

「選べるんですか？」

「はい。日本家屋の場合、こちらのエリアになりまして、現在はお好きな場所をお選びいただけます」

景観を守るためなのか、日本家屋は他の家とは全く違うエリアにあるようだった。ホームエリアの中でも、丘と森が続いているエリアだ。

「広いといえば広いけど、何百戸も日本家屋を建てることはできないですよね？　こういうのって、早い者勝ちなんですか？」

「いいえ。お庭と一緒で、手狭になれば拡張されますね」

じゃあ、別に一等地とかそんな場所も存在しないか。使いやすさと、景観で選ぼう。

「うーん、じゃあ、ここでいいですか？」

「はいはい。分かりました。では、こちらに設置させていただきますね。こちらをどうぞ。ホームキーとなります」

「あ、ありがとうございます」

これで購入契約は終わりか？　ステータスを確認すると、あれだけあったお金が二万Gまで減っていた。

強い装備を揃えようかと思っていたのに、もうスッカラカンだ。買ったのは俺なんだけど、減ったお金を見るとちょっと早まった気もしてしまう。

「キキュー！」

「ヤヤー！」

「ど、どうしたお前ら？」

当然、両肩に乗っていたチビーズが騒ぎ出した。左右から俺の頭部を掴み、揺さぶってくる。

「ちょ、急になんだよ！」

「キュ！」

「ヤ！」

どうやら早くホームに行こうと訴えているらしい。

ホームが楽しみで仕方ないらしかった。これだけ楽しみにしてくれるなら、買った甲斐もあるか。

お金はまた貯めればいいしな。無人販売所とかを頑張ろう。

「それよりも、早速ホームを――」

「では、お次はマスコットに関しての説明です」

おっと、忘れてた。

「マスコットはこちらからお選びいただけますが、どうされますか？」

「えーっと、初期一〇種類だけじゃないのか？」

ウィンドウに、マスコットの一覧が表示されている。ただ、その数が想定よりも多かった。

「はい、こちらは日本家屋限定のマスコットとなっております」

「そんなのがあったのか」

運営メールに記載されていた一〇種類以外にも、四種類のマスコットを選択することができるようになっている。無料で特殊能力がないという部分は一緒のようだ。

「なんだこのラインナップ？　マメ柴、三毛猫、ツキノワ熊、タンチョウ鶴？」

確認してみると、初期マスコットと違って、こちらはリアルなタイプのマスコットだった。いや、ここまでリアルだともうペットって感じだな。

画像を確認してみる。

マメ柴、三毛猫、ツキノワ熊は子供だ。メッチャ可愛い。だが、タンチョウ鶴は普通に大人のタンチョウ鶴だった。和風ってことで選ばれたのだろうが……。だったらもう少し小さくて可愛い鳥がいるだろ。ライチョウとか、キジとか、スズメとか。なぜタンチョウ？　他の三種類を選ばないで鶴を選ぶやつがいるのか？

「ま、まあいいや。ここは三毛猫かな」

熊はクママがいる。こっちはリアル、クママはヌイグルミ風の違いはあるが、熊は熊だ。それに、ブリーズ・キティの仇を取るのである。いや、でも、マメ柴も可愛いが……。

「マスコット枠は増やせるらしいし、とりあえずここは三毛猫で！」

「分かりました。では、三毛猫をホームへと送っておきます」

毛並みなどはランダムになるらしい。まあ、三毛の子猫なんてどれも可愛いに決まってるし、特に

こだわらんけど。

「マスコットとホーム設置タイプの従魔は、初期設定ではホーム間の移動が自由となっていますので」

「あ、分かりました」

転送扉さえ設置しておけば、モンスやマスコットが畑とホームを自由に行き来できるってことだろう。転送扉は他のオブジェクトと同じで、自分で設置するタイプであるようだ。インベントリにアイテムとして入っている。あとで畑に設置しよう。

俺は不動産屋を後にすると、早速購入した日本家屋に向かった。

「どんな家なんだろうな～？」

「キュー」

「ヤー」

肩のリックたちと話しながらホームエリアを歩いていくと、段々と人気（ひとけ）がなくなってきた。というか、俺たちしかいない。

「あれ？　人が全然いないな」

「キキュー？」

「日本家屋、人気がないのか？」

「ヤヤー？」

「まあ、西洋ファンタジーが基本の世界だしな～。和風は敬遠されるかもしれんな」

俺以外に買える人がいないほどの値段ではなかったと思うけど、お試しでってレベルの値段ではなかった。いや、俺は買っちゃったけどさ。

そう考えると、日本家屋を買う人は少ないかもしれない。

「静かでいいくらいに考えておこう。それよりも、見えてきたぞ！」

「キュー！」

「リックは好きそうだろ？　いやー、こうやって外から見ると、いいねぇ」

こんもりとした森の中に、俺が購入した日本家屋が見えてきた。家の周りを囲むのは、背の低い生垣だ。漆喰（しっくい）壁バージョンも想像していたが、この方が庶民感があって俺は好きだね。黒い瓦屋根が渋い。それでいて、木造の温かみも感じさせてくれる。

これは想像をはるかに超えているんじゃないか？　メッチャいいぞ。

「早く入ってみよう！」

「ギキュー！」

俺は居ても立ってもいられなくなり、ホームに向かって駆け出した。俺が急に走り出したせいでリックが振り落とされたが、綺麗に着地を決めて俺と並走を始める。

ファウはその上を飛んでいる形だ。

「近くで見ると、またいい味出してるね！」

「ヤー」

新築ではなく、築何十年も経過した古民家のような味わいがあった。むしろ、これがいいよね。

門は簡素である。木の門柱に、両開きの木の柵が取り付けられただけだった。武家屋敷ってわけじゃないし、こんなものか?

玄関までは、丸い石が少しだけ間隔を空けて、並べて置かれている。あれだ、思わずケンケンパしたくなるやつだ。

玄関扉は、木と障子で作られた物だった。どうやらこの日本家屋、ガラスが使われていないらしい。他の窓も、全て障子だ。

ゲーム内だから泥棒もいないし、ホームエリアには自然災害もないらしい。下手したら窓を全部開けっ放しでもいいんだし、これで構わないのだろう。

「さてさて、家の中はどうなってるかな~」

「キュ~」

そして玄関を開けた俺を出迎えたのは、一匹の可愛い子猫であった。

「ウニャ~」

「おお! これがマスコットか?」

「ウニャン」

三毛の子猫だ。マスコットで間違いないだろう。思わず触ろうとしたら、その前に名前を決めなくてはいけないらしい。命名画面が現れた。

「名前か……。うーん、三毛猫、三色……」

三色といったらあれしかないだろう。

「よし、お前の名前はダンゴだ！」

「ニャン！」

これで命名終了であるようだ。モンスと同じだった。

「よしよし、ダンゴ～」

「ウニャー」

軽く撫でてやると、目を閉じて気持ちよさそうに鳴き声を上げるダンゴ。抱き上げても、大人しいままだ。フニフニとしたお腹に、柔らかい毛並み。ピンク色の鼻と肉球がラブリー過ぎる。

ヤバい、超絶可愛い。俺、犬派なんだけど、猫派の気持ちが分かってしまった……。

何度か撫でてやった後、俺はリックたちとダンゴを向き合わせた。

従魔同士は仲がいいが、マスコットとはどうだ？　これで喧嘩なんかされると困るんだが――。

「キュー！」

「ヤー！」

「ウニャ！」

全く問題なかった。どちらが上といった感じもなく、対等に遊んでいる。おお、ファウがリスライダーからネコライダーにバージョンチェンジしたな。

ダンゴはファウに跨がられても、全く嫌がっていなかった。

「ヤヤー！」

「ウニャー」

ファウが勇ましく指を突き出すが、ダンゴは普通に歩いている。どうやらのんびり屋さんであるらしい。

「じゃあ、家の中を探検だ！」

「キキュー！」

ダンゴが加わり三人態勢に増えたチビーズを引きつれ、ホームの中を探検する。

玄関を上がると、木の床だ。足を乗せると、僅かにギシリと軋(きし)む。微(かす)かな木の香りが鼻孔を擽(くすぐ)り、本当にリアルであった。

そんな玄関脇の明かり取りの窓には障子が張られ、和の雰囲気が爆発している。

最高だね日本家屋！

ああ、靴はちゃんと脱いでるよ？　今回は自分で靴を脱いだが、次回からは自動で脱げるように設定を変更しておいた。

この家に上がる際に自動で靴が脱げ、外に出る時には自動で事前に装備していた靴を装備し直すように設定したのだ。他には、衣装を着替えたりも可能であるらしい。

家に入ったら、浴衣や甚兵衛に即着替え。悪くない。

「玄関を入って最初の部屋は、普通の和室か」

玄関から続く廊下の右は、地下へと下る階段となっている。左側には襖(ふすま)があり、開いてみると六畳の和室になっていた。木製の箪笥(たんす)が一つ備え付けられている以外は、特に何も置いていない簡素な和室だ。だが、それでも俺は感動していた。

「おおー、畳の匂いまでちゃんと再現されているじゃないかー……」

畳の匂いを嗅いでしまっては、寝転がらないわけにはいかない。俺はその場にダイブし、畳の上にうつ伏せになった。より強くイグサの香りが鼻に入る。

「あー、手触りもいいー」

「キキュー」

「ヤヤー」

リックとファウも俺に倣って、畳の上に寝ているが、その顔は気持ちよさそうだ。従魔にも畳の気持ちよさは分かるらしい。

ダンゴは部屋の入り口に箱座りをして欠伸をしているが。

「そうだ。和室には収納があるはずだ。中はどうなってるんだ？」

押入れがあることを思い出して、中を覗いてみる。すると、そこには布団が一式収納されていた。

「ま、まじか！　布団だ！」

しかも、ゲーム内の宿屋などにある素っ気ないファンタジー風の寝具ではなく、ちゃんと和風の布団である。枕は籾殻だ。

「ね、寝て……。いや、ダメだ」

このゲーム内の寝具で眠るということは、ログアウトするということである。

「ということは、布団の寝心地は堪能できないってことか……。残念」

畳を心行くまで堪能した俺たちは、次の部屋へと向かった。廊下の突き当たりにやはり襖がある。

廊下はそのまま左に曲がり、その先で右へと折れている。あちらに行けば縁側があるのだろう。

「縁側は後のお楽しみにして、こっちの部屋はどうだ？」

縁側に行きたい欲求を抑えつつ、目の前の部屋を開けてみた。

「ここも普通の和室か」

ただ、この和室からは他の部屋へと続く襖があった。正面と、左側だ。左側へ行けば、縁側に面した部屋があるのだろう。

ただ、そっちはお楽しみと決めたばかりだ。左に行きたい気持ちをぐっとこらえて、俺はそのまま正面の襖を開けてみる。そこは、板張り床と壁の台所になっていた。

「ほほう。これは面白いな」

めっちゃ古風な台所である。タイルなどさえなく、石でできた竈に石窯。木製の水桶などが置かれていた。それでも調理器具はきっちり金属製だし、料理をするのに不足はないだろう。外見が古風なだけで、性能は問題ないようだった。

蛇口もあるし。しかも木製の。捻ってみるとちゃんと水が出た。その辺はゲームだ。

「米用のお釜まであるじゃないか。これはマジで米が欲しいぞ……」

アリッサさんのところに行ってみようかな。もしかしたら前線では発見されているかもしれん。

「さて、次は向こうの部屋に行ってみよう」

「キュー！」

いつの間にか俺の右肩に戻っていたリックが賛成してくれる。ファウは頭の上だ。

「じゃあ、お前はこっちだな」

「ウニャ？」

ダンゴを左肩に乗せてみると、上手くバランスをとっている。ホームの中で接する限り、マスコットもモンスもあまり変わらないようだった。

そのまま、元の和室には戻らず、もう一つの襖に向かう。向き的には、庭や縁側の方にある部屋だろう。

「おー、これはこれは。凄いじゃないか！」

「ヤー！」

そこは茶の間だった。リビング兼ダイニング的な？

なんと、部屋の中央に囲炉裏がある。テーブルにも使える幅広めの木枠の中央に灰が敷かれ、炭が置いてある。しかも上からは——なんていうんだろう？ 鉤爪的な物が付いた棒？ 囲炉裏にはセットになっているあれだ。そして、その鉤爪には鉄瓶が吊り下げられている。

「ヤバい。これはヤバい！ おおー、火は簡単につけられるのか！」

近づくと、炭に着火するかどうかの選択肢が現れる。一々、魔術や火打石などで火を熾すような真似をする必要はないらしい。さすがゲーム！

どうやらここで料理などもできそうだった。本当に囲炉裏だ。ただ、気になることが一つ。

「煙、大丈夫なのか？」

台所でも思ったが、ここと台所だけは天井が取り払われ、骨組みや屋根が剥き出しになっている。

和室に比べ、より古民家感が強いのだ。

ただ、そこには排煙のための機能などが付いているようには見えない。

「ふーむ？　まあゲームなんだし、その辺はどうにかなるのかね？　ちょっと実験してみるか」

俺は囲炉裏の鉄瓶で水を沸かして、お茶を飲んでみることにした。

「着火して……。あ、鉄瓶に水を入れないとな。これで放置すればいいのか？」

しばらくの間、ダンゴやリックを撫でながら、囲炉裏の前に胡坐をかいて座って待つ。ファウが囲炉裏の木枠に腰かけて、リュートを弾き始めた。

歌のない、インスト曲である。

いつもと同じ北欧の民族音楽風の曲なんだが、そのゆったりと流れる音が妙にこの場に馴染んでいた。

「日本家屋と意外に合うな」

「キュ～」

「ウニャー」

リックたちも目を細めている。気に入ったらしい。

そうして、何もせずにまったりと待つこと数分。鉄瓶の口から蒸気が上がり始める。中を覗くとちゃんとお湯が沸いていた。

そのお湯を使ってハーブティーを入れてみたが、ちゃんと美味しい。いつも通りのハーブティーだった。

「煙は……。問題なしか」

炭から上がる煙が驚くほど少なく、少し発生する煙も上へと昇っていき、屋根に吸い込まれるように消えていく。

「リアルなところはリアルで、都合のいいところはゲーム仕様。うんうん、良いバランスだ」

さて、残りの部屋も確認しようかね。

俺はダラーッとしているリックとダンゴを促すと、ホームの探索へと戻った。

「部屋数は和室が三つ、茶の間、台所、地下室×二のはずだから、一階の残りの部屋は和室のはずだよな」

残るは、囲炉裏のある茶の間の隣の部屋だ。位置的には、最初に入った和室の左手の部屋となる。

「さて、ここは……おおおおお！」

思わず声を上げてしまった。でも、仕方ないじゃないか。だって、俺の目の前に、人を堕落させる悪魔の発明品が鎮座していたのだ。

「炬燵じゃないか！」

和室の中央に置かれていたのは炬燵であった。障子を全部開け放つと、そこは縁側だ。その先にある庭も目に入る。今は雑草がボーボーに生え放題だが、それはそれで風情があるように思えるから不思議だった。

木製の茶箪笥なども置かれ、非常に落ち着いた雰囲気の部屋である。

茶色の天板と、白と黒の市松模様の炬燵布団。地味だ。しかし、俺はその魅力に抗（あらが）いきることがで

きなかった。だって炬燵だぞ？　もう、何年入っていないだろうか。

上京してマンションに住むようになってからはエアコンで事足りてしまった。実家にはあるんだけどね。フラン――モップのような白い飼い犬だ――と並んで炬燵に入り、そのまま寝落ちして風邪をひいたのもいい思い出なのだ。

「これは入らざるを得ない」

足先を炬燵に突っ込むと、足がジンワリとした温かさに包まれるのが分かる。そのままさらに腰まで炬燵に入り込むと、快感のあまり「おほーっ」という声が出てしまった。

いやー、ゲームの中でもここまで炬燵の気持ち良さを再現できるとは、侮り難しＬＪＯ。

「あー、これはいいね～」

目の前に広がる庭を眺めながら、先程入れたお茶をすする。至福のひと時だ。

「お前らも食べておけ～」

「ヤー！」

「キキュ！」

「ダンゴはどうだ？　食べるか？」

「ウニャー」

マスコットは食事が必要ないらしいが、可能ではあるらしい。焼き魚を出してやったら、ムシャムシャと食べ始める。

「はー……」

食事を終えた俺は、炬燵に入ったままボーッとする。

炬燵の上で仲良く並んで庭を眺める三体。ちんまい子たちが身を寄せ合っているその背中は、異常に可愛かった。チビーズ越しの庭のスクショは、その逆光感も相まって、謎のエモさがあった。

これはいいスクショだ。あとで誰かに自慢しよう。

結構な時間、炬燵でのんびりしてしまったよ。

「そうだ、折角だからこの部屋の模様替えしちゃおうかな」

オブジェクトを置くなら、基本はこの部屋と茶の間だろう。他の和室は今後、工房などに改修する可能性があるのだ。

「備え付けの棚があるのは嬉しいな。ここにフィギュアを置いて。ああ、縁日でゲットした妖怪の人形もこの横に置こう」

座敷童の掛け軸は床の間にかけてみる。

「この掛け軸の前に、サクラの作った苔玉を置いたら——おお！　いいねぇ！」

ヒムカやサクラの食器類は、茶の間や台所だな。そうだ、チャガマの本体の茶釜！　あれも持ってこよう！　納屋に置きっぱなしだ。

「さっさと転送扉を納屋に設置してくるか。その方が色々と便利だし」

ああ、その前に残りの部屋をチェックしないとね。地下の前に納戸とトランスポーターである。

ただ、どっちも中には入れなかった。それでも、使用に問題はない。部屋の扉にタッチするとウィンドウが起動するのだ。

トランスポーターは転移先がないので使用不可。納戸は、アイテム収納庫だった。九九種類×九九個までアイテムを保管できるらしい。俺はあまり貴重品がないからこの程度で十分だろう。お金も入れておけるようだし、冒険者ギルドに預けてある貴重品などをこっちに持ってきちゃおうかな。

「で、最後に地下なんだけど……。何もないね」

「キュー」

地下は土間が二つ存在しているだけで、備え付けてある物は天井のランプだけである。今のままでは倉庫にしか使えそうもない。早くお金を貯めて生産設備を買おう。

「じゃ、転送扉を設置しないといけないし、一度戻るぞー。ダンゴはまた後でな」

「ウニャー」

縁側で寛いでいるダンゴに声をかけると、お尻をこっちに向けたまま返事をした。この素っ気ないところも猫っぽい。寂しがっている様子はないので、安心といえば安心だが。

その後、ホームエリアを出て畑に戻ってきたら、見覚えのある男が畑の前にいた。

キラリと光る眼鏡と茶色の熊耳がトレードマークの、イケメン獣人プレイヤーだ。

「エリンギ?」

「あ、白銀さん」

「もしかして待っててくれたのか?」

「いえ、白銀さんの畑を見学に来たらそのタイミングで帰ってこられたので。でも、ちょうど良かった。情報料をお渡ししなければと思っていたんですよ」

一緒にマヨヒガを探索したフレンドである。情報を売った代金を持ってきてくれたらしい。

エリンギから二〇万Gの譲渡申請が送られてくる。散財した直後だからありがたい。いやいや違う。そうじゃなかった。

「あ、そういえばそれだ！　四分割でいいって言ってたのに！」

「はい、ですからお言葉に甘えて四分割にさせていただきましたよ？」

「え？　でも二〇万送られてきてるぞ？」

「はい、全部で八〇万Gになりましたから……」

話を聞くと、アリッサさんの話術が巧み過ぎて、本来秘匿するつもりだった情報も一部明かしてしまったらしい。それで、情報料が上がったそうだ。さすがアリッサさんである。

「それでも座敷童に関しての情報のかなりの部分は売りませんでしたから」

エリンギはそう言って去っていった。隠すほどの情報はないと思うんだが……。まあいいや。それよりも、これでマスコット枠を増やせるぞ！　そっちの方が重要だ！

「やっふー！　早速不動産屋さんに――おっと、まずは転送扉だった」

俺はとりあえず納屋の中の壁に転送扉を設置してみた。入り口の向かい側である。普通に、地味な木製の引き戸だな。

どうやら設置場所に合わせた姿になるようだった。フレームを任意にいじれるので、もっと目立つ形に変えることもできるらしい。俺はこのまま変更するつもりはないが。

「本当にこれが転送扉なのか？」

俺は恐る恐る転送扉に触れてみた。ホームのトランスポーターと全く同じ画面が立ち上がる。これで転送先を選んで、扉を開けばその場所に繋がるのだろう。

俺の場合は購入したばかりのホームしかないから、一ヶ所しか選べんけど。

「で、選んで開くと、転送されるわけね」

俺が立っているのは、ホームの廊下の突き当たりだった。茶の間のすぐ脇である。多分、普通の家だったらトイレがあるであろう場所に、トランスポーターが存在しているからだ。

「戻る時も同じね」

これで、俺もモンスたちも、簡単に畑とホームを行き来できるはずだった。

「よし、まずは実験してみよう」

近くにいたオルトに声をかけ、転送扉の前に連れてくる。

「オルト隊員！　転送扉が君たちにも無事使えるかどうか、確認する任務を与える！」

「ムッムー！」

「よし！　行ってくるのだ！」

「ムー！」

という寸劇を挟みつつ、敬礼で応えてくれたオルトが一人で転送扉をくぐって消えていく。そして、すぐに扉の向こうから戻ってくる。

「実験成功だな！」

「ムー！」

これでモンスでもホームへ行って戻ってこられることが確認できた。

オルトが間違いなくホームに行ったことが確認できたのは、あっちの屋敷からダンゴを連れ帰ってきたからだ。

オルトが、三毛の子猫を抱きかかえて転送扉をくぐってきたのを見た時には驚いた。マスコットはホームやホームエリアだけに連れ出せるという話だったが、畑もオッケーだったらしい。

「ムー」

「ウニャー」

オルトは、背後から脇の下に手を入れるような形でダンゴを抱いている。下半身が伸びてダラーンとした状態で、ダンゴは欠伸をした。嫌がってはいないらしい。

これで畑にいる子たちと遊ぶことができるし、ダンゴも寂しくないだろう。

「じゃあ、次はお前だ。どうだ?」

次に連れてきたのは、妖怪スネコスリだ。従魔でもマスコットでもない不思議な扱いだが、彼らはどうであろうか?

「スネー」

スネコスリも問題なし。これで従魔、妖怪、マスコット、みんながホームと畑間を移動できることが確認できた。

「じゃあ、俺がいない間も好きに移動していいからな?」

「ムー!」

「ウニャ！」

「スネ！」

子猫を体の正面で抱きかかえたオルトと、足がブラーンとなっている子猫。そしてオルトの頭の上で丸まっているスネコスリ。

なんだこのカオスで可愛い絵面。ゲームならではの光景だよな。スクショを撮りまくっちゃったぜ。さて、このままだと無限に遊んでしまいそうだ。

「サクラ。茶釜をホームに運んでおいてくれないか？」

「――――！」

「頼んだ」

「――――！」

次はマスコットを増やしに行かねばいかんのだ。もうね、ダンゴのプリチーさを見ちゃうとね？　マスコットを増やさない選択肢など、存在しないよね？

「次は何にしようかな？　やっぱマメ柴？　でも子熊も可愛かったし……」

いっそ、子熊とクママでダブル熊を結成か？　それとも初期の一〇種類から選ぼうか？　あのバルーンみたいなデフォルメマスコットも可愛いし。

そんなことを考えながら不動産屋に戻った俺は、お金を支払ってマスコットの保有枠を増やす。一体五万G……。だが、悔いはないのだ。

「マメ柴、子熊……うん？」

そして、マスコットの一覧を見て、思わず変な声を出してしまっていた。

「ひょぉ？　ふえ？」

でも、しょうがないのだ。

「これ、マジっすか？」

「はい。こちらが、現在ユート様の選べるマスコットとなっております」

だって、選択できる数がかなり増えていた。さっきは一四種類だったが、今は一九種類である。

「座敷童、コガッパ、テフテフ、オバケ、モフフ……。どう考えてもあのイベントが関係しているよな」

でも、さっきは選べなかったのに、何でだ？　いや、座敷童が増えたのは、ホームに掛け軸を掛けたからだろうか？　他の四種類に関しては、人形を飾ったからかね？

「しかもどのマスコットにも特殊能力があるんだけど」

座敷童は『お手伝い』『幸運』『日記帳』と、三つも能力があった。コガッパは『雨天』、テフテフは『虫の声』、オバケは『柳の下』、モフフは『餌付け』である。

ただ、詳細が分からない。不動産屋さんに聞いても、教えてはくれなかった。

「詳細はお楽しみということで。ただ、マスコットはあくまでもその可愛さが本領ですから。能力に関してはオマケとお考えください」

つまり、それほど強力な御利益はないってことなんだろう。

「座敷童は確定として……。特殊能力は魅力だけど、可愛さは……。うーん」

可愛さならマメ柴、子熊。でも特殊能力は捨てがたい。

「やっぱこっちの妖怪マスコットたちにしておくか」

最大で六体まで枠を増やせるわけだし、全部お迎えできる。そこで特殊能力を検証すればいいだろう。

「じゃあ、今回は座敷童とオバケでお願いします」

「分かりました」

オバケを選んだことに特に理由はない。一番最初に出会ったマスコットなので、何となく選んだだけだ。

「あと、設置可能な設備も見せてもらっていいですか？　工房とかの値段を知りたいんで」

「はいどうぞ」

不動産屋さんにリフォームのリストを見せてもらったのだが、工房などは届かない。ただ、こちらにも先程なかった項目がいくつか追加されていた。

「えーっと、柳の古木？」

これって、もしかしてオバケをマスコットにしたからか？　柳といえば幽霊だし。

しかも柳の古木は、タダで設置できるようになっている。

柳の古木の効果は、特になし。ただ、小さい池とセットになっていて、その水は生産利用が可能であるらしい。

まあ、日本家屋の虫の音などと一緒で、風情や和風感を演出をするためのアイテムなのだろう。

しかし、水場がタダで設置できるというのは普通はあり得ない。多分、オバケの持つ『柳の下』の効果が、このオブジェクトの設置権なのではなかろうか？

「ま、タダならぜひ設置させてもらおう」

俺は間取り図の中から庭の一角を指定して、設置をお願いするのだった。

これで、やれることは全部やっただろう。

「戻ろう！　どうなってるか楽しみだ」

そうして新たなマスコットやオブジェクトを手配してホームに戻ると、いつの間にか賑（にぎ）やかになっていた。

「ムムー！」

「ヒムー！」

「フマー！」

「フムー！」

精霊たちが楽しげに追いかけっこをしている。その様子を眺めながら、クママやドリモが縁側でまったりとしていた。

「クマー」

「モグー」

「植物コンビは光合成中か？」

サクラとオレアは、揃って柳の古木のそばに佇（たたず）んでいる。

「それにしても、一気に風情が出たな」

「――♪」

「トリ！」

俺が柳の古木を褒めると、サクラとオレアも嬉しげだ。同じ植物として、仲間意識でもあるんだろうか？

「お、トンボがいるぞ！」

柳の根元に広がる池には、トンボだけではなくアメンボ等の姿もあった。さらに、メダカっぽい魚までいる。いやー、風に揺れる柳の枝と相まって、涼しげでいい。これがタダとは、ラッキーだった。

庭は完全に夏の雰囲気だが、和室では炬燵も楽しめる。この季節を無視した感じは、ゲームならではだろう。

「チビーズはどこ行った？」

一番元気なリックたちの姿がない。そう思って捜したら、炬燵に入っていた。それぞれが一面を占領して、炬燵布団から小さい顔だけを出している。

「キュー」

「ヤー」

「ウニャー」

「スネー」

「お前ら、贅沢だな」

さらに、茶の間に顔を出してみると、チャガマが自分の茶釜を磨きながら、囲炉裏の前で寛いでいる。お湯を沸かしているようだ。これがあれば、チャガマがお茶をいれてくれるかもしれないな。

「ポコ！」

その横に、捜していた姿があった。

「座敷童とオバケ！　ここにいたか！」

「あい！」

「バケー」

新しくお迎えしたマスコット。座敷童とオバケである。

揃って囲炉裏の前で寛いでいた。

「おっと、名前を付けなきゃいけないのか」

「あーいー！」

「バケケー！」

揃ってシュタッと手を上げたマスコットコンビが、期待の眼差し（まなざし）で俺を見上げている。

なんとキラキラした目だろう。これは変な名前を付けられん……。

「うーん、まずは座敷童だな」

ワラシじゃそのまんま過ぎるか？　でもチャガマもまんまだしな……。いや、でも少しは捻ろう。

「幸運を運ぶ家の守り神……。マモリガミ……。よし、お前はマモリだ！」

それに、好きな妖怪漫画でも似た名前の座敷童が出てくるのだ。

「あい！」

「ふー、気に入ってくれたか。お次はオバケだ」

「バケケ！」

「もうテ〇サしか出ないんだけど……」

しかし、テレ〇はまずかろう。あとは、なんだろう。Qちゃん、ホーリ〇……。いやいや、既存キャラの名前から離れよう。

見た目は、フワフワ浮く白い布に、目と口を描いた感じだ。

「布……シーツ……リネン……リンネル……よし、お前の名前はリンネだ！」

輪廻（りんね）であの世っぽい雰囲気もあるし、素晴らしい名前だ！　そう決めた！

「バッケー！」

リンネもマモリと一緒に小躍りしている。文句はないってことだろう。

あと姿が見えないのはハナミアラシだが、あいつは社に憑（つ）いているようだし、こっちには来られないのかもしれない。もしくは全く興味がないか、飲んだくれて寝ているのだろう。

「あいつはいいや。しかし、随分と大家族になっちまったな」

従魔であるオルト、サクラ、リック、クママ、オレア、ファウ、ルフレ、ドリモ、ヒムカ、アイネ。

妖怪はハナミアラシ、ブンブクチャガマ、スネコスリ。

そして今日仲間に加わった、ダンゴ、マモリ、リンネ。

ここにいるだけで総計一五人だ。俺が縁側に出ると、みんなが集まってきた。

俺の隣にはオルトやマモリたちが腰かけ、リックやスネコスリはその肩や頭の上で寛いでいる。庭ではアイネやリンネ、ファウたち飛行可能組が空中追いかけっこをしていた。

いい光景である。所持金を使い切ったが、ホームを購入して本当に良かったな。

いいや、まだだ。これで終わりではなかった。

「そうだ、課金してマスコットを増やさないと！」

課金はログアウトしないとできないが……。

「一瞬だけログアウトして、ちょっ早で課金手続きをしてこよう！」

そして、残りの妖怪マスコットたちもこのホームに呼ぶのだ！　可愛いマスコットは増えるし、オバケのおかげで手に入ったと思われる柳の古木も素晴らしい。一気に庭に風情が出た。

「これは急がないと！」

そうだ、布団だ！　あれを使えばすぐにログアウトできる！

俺は急いで和室に向かうと、布団を敷いていく。すると、マモリが手伝ってくれるではないか。布団を軽く伸ばしたり、枕を設置したりしてくれる。これが『お手伝い』の効果なのか？

マモリのおかげですぐに布団が敷けたぜ。俺は早速中に潜り込む。

「じゃあ、またあとでな」

「あい！」

枕もとで正座しているマモリに一声かけ、俺は目を閉じる。

同時にログアウトするかのアナウンスが聞こえたので、それにイエスと答えると、俺の意識はゲー

ムの中から現実へと浮かび上がっていくのであった。

覚醒した俺は、すぐにギアを外してベッドから飛び降りる。

「ふぅ。早速課金しちまうか！」

面倒なことはない。LJOのサイトにアクセスして、課金ページを開き、そこで欲しい物を購入するだけだ。スマホゲームで課金するのと何ら変わらない。

「えーっと……あった！」

マスコット所持枠増加＋一というアイテムが売られている。

俺はそれを上限の三つ購入すると、速攻でベッドに横たわった。

ログインして、再びホームの和室で目覚める。

「おはようマモリ。一五分ぶりだな」

「あい！」

見守ってくれていたらしいマモリの頭をグリグリと撫でると、俺は再び不動産屋へと向かうのであった。

「どうもー」

「いらっしゃいませ」

本日三度目の不動産屋であるが、相変わらずの対応で出迎えていただきました。多分、プレイヤーの中では利用してる方だと思うんだが、「また来ましたね？」的反応がない。

まあ、大人数を一度に相手にしているのだろうし、きっと処理速度優先なのだろう。

「じゃあ、残りの妖怪を選択だ」

不動産屋さんが見せてくれたリストの中から、コガッパ、モフフ、テフテフを選ぶ。さらに、ホームに設置できる施設、オブジェクト一覧を確認すると、案の定項目が増えていた。

オバケの時と同じだ。

「追加されているのは、河童石、ツユ草、獣道？　どれも訳が分からんな……。まあいいや、とりあえず全部タダだし、設置しちゃおう」

どこが河童なのか分からない、冷蔵庫サイズの黒っぽい岩の河童石。見た目がほぼ雑草の群生地であるツユ草。この二つは、とりあえず柳の古木の周囲に設置しておいた。

獣道だけは特殊なようで、ホームの周りを囲む生垣に設置するようだった。見た目は生垣の下に開いた狭い穴でしかない。

ピッポーン！

『妖怪マスコット、及びその関連施設をコンプリートしました。『妖怪マスコットの保護者』の称号が授与されます』

おお、こんなことで称号が！

称号：妖怪マスコットの保護者
効果：マスコット所持枠＋一。妖怪マスコット及び関連施設の情報を一部開示

マスコット枠が＋一という最高の効果だった。お金とかボーナスポイントよりも断然嬉しい。さらに、妖怪マスコットと、その関連施設の情報が一部開示、となっている。

「これは――」

ピッポーン！

「え？　また？　何が起きた？」

ホームに追加した無料施設の情報が開示されているかもと思い、確認しようとした瞬間だった。再びアナウンスが鳴り響く。

『おめでとうございます。全プレイヤー中、最速で所持称号が一〇種類を達成しました。『最速の称号コレクター』の称号が授与されます』

「おお、そういえば今ので一〇種類目だったか。それでまた称号がもらえるの？」

称号：最速の称号コレクター
効果：賞金一〇万G獲得。ボーナスポイント4点獲得。ランダムスキルスクロール一つ授与。敏捷＋一

賞金がかつてない額だった。ボーナスポイントも多いし。しかもスキルスクロールまで？　どんなスキルが入手できるかはランダムだが、ボーナスポイントを使わずにスキルを入手できるんだ、どんなスキルでも文句を言わんさ。

「……これで称号は一一種類になったわけだ」

白銀の先駆者、不殺、大樹の精霊の加護、ユニークモンスターマニア、絆の勇士、村の救援者、妖怪バスター、宵越しの金は持たない、精霊門への到達者、妖怪マスコットの保護者、最速の称号コレクター。この調子で頑張ろう。

「おっと、施設情報を確認しないと」

称号よりも、そっちの方が気になってしまっている。だって、称号はたまに貰うことがあるけど、マスコット関連のイベントはまだまだ新鮮に感じるからね。

「おお！　やっぱり！」

ステータスウィンドウからホームの情報を確認してみると、柳の古木を含む無料オブジェクトの効果などを知ることができた。

まず一番最初に確認した柳の古木だが、柳のオブジェクトと、日本在来昆虫、魚類の生息する池が設置され、さらに庭のランダム自然設定に微風（涼）という項目が追加されているらしい。微風（涼）が吹くと、冷気を好むモンスターと、アンデッドタイプのモンスターの好感度が上昇するという面白い効果だ。

河童石は、庭の自然設定に雨（河童）、という設定が追加される効果があった。これの効果は凄まじい。何せ、この雨が降ると、庭の畑に植えている野菜の品質が僅かに上昇する効果があるというのだ。さらに、それがキュウリであれば確実に一段上昇するそうだ。柳の古木と比べて「単なる庭石かよ。微妙だなー」なんて思ってごめんなさい。

獣道もなかなか面白い。効果は、庭の自然効果に獣来訪という設定が追加される。時おり狐や狸が出没するそうだ。触れ合えるかどうかは分からんが。そして、この施設の効果で獣が出現すると、獣タイプのモンスターの好感度が上昇するらしい。うちだと、リック、ドリモ、クママである。

「これは最後の一つも期待できそうだ！」

そう思ったんだが、その効果は微妙だった。いや、人によっては凄まじいのだろうが、俺には効果がなかったのだ。エリンギあたりなら喜ぶだろう。

ただ、構わない。それ以上にロマンがあるからな。

ツユ草は、庭の自然設定に蛍が追加されるという効果があった。効果としては昆虫系モンスターの好感度上昇なのだが、うちにはいないのだ。しかし、蛍が見えるだけでも十分だろう。このツユ草が開花して蛍が舞うらしい。

「メッチャ綺麗だろうな～」

今から蛍を見るのが楽しみだ。

「よし、ホームに戻――る前にマメ柴ゲットだぜ！」

いやー、ヤバいな。初日でうちのホームがマスコット天国になってしまった。まあ、本望ですけど！

早くホームの様子が見たくて、思わずダッシュしてしまった。周りの人に注目されているけど、今なら気にならないね！

ホームに戻ると、新しくゲットしたマスコットたちが庭の中央で大人しく待っていた。その眼差しが「早く名前をつけろ」と訴えかけている。

「コガッパはタロウ。モフフがホワン。テフテフがオチヨ。マメ柴がナッツだ」

道中考えてきたから、スラスラと名付けは終了した。すると、喜ぶマスコットたちが俺の周辺で踊り出す。なんか盆踊りっぽい。喜びの舞ってことだろうか？

遊んでいると思ったのだろう。他の子たちも集まってきた。いつの間にかみんなが俺の周りで踊り始めたではないか。やはり盆踊りのようである。

いつの間にか始まったファウの演奏に合わせて、みんなが踊り狂う。

「うーん、壮観だぜ……」

ただ、どうやってここから出ようかな？


それから一時間後。

うちの子たちが飽きて解散した後、俺はファウたちを連れて早耳猫の露店へとやってきていた。

日本家屋の情報や、妖怪マスコットたちの情報が手に入ったので、売りに来たのだ。

攻略に関係ある情報じゃないし、値段はあまり期待できないだろう。それでも、ホーム関係でお金を使い切ってしまった俺にとっては、少しでもお金になれば十分なのだ。

「こんちゃーっす」

「ヤヤー」

「いらっしゃい。もしかして、マスコット関連で何か売れそうな情報がある？」

「お、鋭いですね。そうなんですよ」

「そ、そう。は、早いわね」

それは自信がある。実装から一時間も経たない内に、所持金を使い切るほどホームにつぎ込んだからな。

「即買いに行きましたから。いやー、おかげで手持ちがスッカラカンですよ」

「え？　こないだの情報料とかも？　もう？」

「はい」

俺がそう告げると、なぜかアリッサさんが顔をひきつらせた。金遣いが荒過ぎると呆れられたか？

「……これは、またとんでもない情報が飛び出すかも……。お、落ち着くのよ私」

「アリッサさん？」

何か呟いているけど、どうしたんだ？

「あ、いえ。何でもないの。それで、どんな情報なのかしら？」

「えーっと、最初に、ホームを買ったんですね」

「どれ買ったの？　生産系？」

「いえ、日本家屋です」

「は？」

「ですから、日本家屋です」

「……え？」

「だーかーらー、日本家屋です！」

どうしたんだアリッサさん。急に聞こえなくなった難聴に？

「日本家屋……まじ？」

「え？　もしかして珍しいんですか？」

「少なくとも、聞いたことはないわね」

少ないどころか、俺以外からは聞いていないらしい。日本家屋は誰でも買えると思っていた。まさか、これからしてレアだったとは。

「ユート君だけが購入できることに、心当たりは？」

「うーん、マヨヒガが関係してますかね？」

あの廃屋も日本家屋だったし、攻略したら買えるようになるのだろうか？　だが、他にも攻略者はいるはずだ。だとしたら、他にもトリガーが？

その後、俺はアリッサさんに促されて、色々な情報を伝えていった。

結局、マスコットや日本家屋の情報だけではなく、マヨヒガの情報までうっかり喋ってしまったのだ。座敷童や妖怪マスコットのことを説明しようとすると、どうしてもそちらの話になってしまうしね……。

最初はテンションが高かったアリッサさんが、段々と無口になっていったのはなぜなんだろう？細かい情報が多過ぎて、整理するのが大変だったのかね？

しかも、驚きなのが情報料だ。なんと、四〇〇万Gにもなってしまったのである。

「は？」

「四〇〇万よ」

「いや、でも……いやいや」

「間違いなく四〇〇万よ」

「も、もう一度いいですか？」

「四〇〇万！」

今度は俺が難聴になってしまったぜ。だって、四〇〇万だよ？　まさかそこまで高くなるとは思わなかったのだ。

でも、一番驚いたのはその前だけどね。

それは、俺が情報を全て喋り終えた直後であった。妙にプルプルと震えていたアリッサさんが、いきなり叫んだのだ。

「うみゃー！　はさーん！」

「うわぁ！」

「ヤー！」

急に目の前で叫び声を上げるから、俺たちもビックリしたのである。ファウなんてのけぞり過ぎて、俺の肩の上から落ちそうになっていた。周辺にいたプレイヤーさんたちも、驚いた表情でこちらを見ているのだ。

まあ、破産は言い過ぎだろうけど、それくらいのリアクションをしたくなる情報だったたってことなのかもね。その結果が、四〇〇万Gなのだ。

ただ、今日支払いきれないってことで、分割払いをお願いされていた。急ぐわけじゃないし、了承しておいたけど。

とりあえず、今日は一〇〇万Gを受け取ることになったのだった。

「あと、エリンギたちに謝らないと」

せっかくエリンギたちが座敷童の情報は売らないでいてくれたっていうのに、喋ってしまったのだ。

その後、慌ててエリンギに連絡して謝ったんだが、彼らは笑って許してくれた。

いやー、いい奴らだ。今度分け前を渡すって約束したし、少し色を付けないといけないだろう。

「よし、情報料が想定以上だったし、これで工房を増築できるぞ！」

「ヤヤー！」

なんてやっていたら、戦士風のプレイヤーが近づいてくるのが見えた。

その鋭い目は、明らかに俺を見ている。

な、何か用か？　周囲をキョロキョロして、明らかに挙動不審なんだが。俺も周囲を見てみるが、特に変な奴はいない。こっちを見てる人たちもいるけど、ファウがいるからだろう。可愛い妖精さんは人気者なのである。

「あ、あのー、白銀さんですよね？」

どうやら、俺に用事があるようだ。ファウを連れていることで、身バレしてしまったのだろう。

「そう呼ばれているけど、何か用か？」

「いえ、早耳猫から出てこられたのが見えたんで、何か情報を売ったのかなーって気になったもので。それだけなんです。へへへへ」

鋭い目と背の高さのせいで厳つい感じだが、その態度は非常に弱腰だった。下手に出過ぎていて、ちょっと卑屈にさえ見える。そのせいか、俺も普通に応対してしまっていた。

「マスコットとか、ホームの情報を売ったんだよ。日本家屋とか。な、ファウ」

「ヤー！」

「おー、実装されたばかりのホームとマスコットの？　さすがっすね」

「いやいや、運がよかっただけだよ。それに、攻略に関係する情報じゃないし」

「そ、そうっすか。さすがっすね」

何もさすがではないと思うが……。

なんでこんな卑屈なんだ？

「それで、おいくらぐらいになったんで？」

「いやー、そこはさすがに。ただ、最近の散財は取り戻したかな」

「凄いっすね。さすがっす」

男性は最後まで「さすが」を連呼して去っていった。なぜか俺よりも、周りにいるプレイヤーたちに頭を下げているように見えたのは、気のせいだろうか？

掲示板

【有名人】白銀さん、さすがですＰａｒｔ７【専門】

・ここは有名人の中でもとくに有名なあの方について語るスレ
・板ごと削除が怖いので、ディスはＮＧ
・未許可スクショもＮＧ
・削除依頼が出たら大人しく消えましょう

：：：：：：：：：：：：：：：：：：

６６：タカシマ
早耳猫で売り出し中の、地下ダンジョン四つ、廃屋、マスコット関連の出所はやはり白銀さんで間違いないそうだ。
幾つかはパーティを組んでた知人が持ち込んだらしいけど、大本に白銀さんが居るのはかわらない。

６７：チョー助
まあ、調べなくても分かってたことだがｗｗｗ

６８：ツンドラ
「どーせ白銀さんだろ？」っていうねｗｗｗ

６９：苫戸真斗
それにしても、マスコット関連は半日で丸裸にされてたけど……。
あれが全部白銀さんなのかな？
どれだけ生き急いでいるの？

７０：チョー助
生き急ぐとはちょっと違うような？

それは寧ろ前線プレイヤーに当てはまる。
レベル上げへの執念は恐ろしい程だから。

７１：タカシマ
白銀さんの場合は……なんだろうね？
白銀さんだからとしか言いようがないｗｗｗ

７２：てつ
俺、白銀さんが情報を売ったと思われる場面に居合わせたんだけど……。
早耳猫のサブマスが絶叫してた。

７３：苫戸真斗
いつもは冷静なあの人が？

７４：てつ
「うみゃー！　はさーん！」って。
その後真っ青な顔でクラメンと相談してた。

７５：ツンドラ
有名クランの中でも、高い資金力を誇ると思われるあのクランが破産？
一体どれだけの情報が……？

７６：てつ
実は気になってさ……。
俺、マナー違反は承知で、白銀さんに声かけたんだ。

７７：タカシマ
おいおい……。
よく見守り隊にＧＭコールされなかったな。

７８：てつ
これでＧＭコールされても本望！
まあ、通報されなかったのは白銀さんが意外にフレンドリーだったからじゃないかな？
フレンドリーというか、自分の情報とかが大したものじゃないって思ってる感じ？
はたから見たら、仲良く談笑してる風にしか見えなかったと思う。
いい人だった。
あとモンスが可愛かった。

７９：チョー助
うらやましい。
しかしこれで突撃はしない。
だって通報が怖いから。

８０：ツンドラ
それで？　結果は？

８１：てつ
さすがにいくらで売ったのかは教えてもらえなかった。
ここ最近の散財分を取り戻したとか言っていたけど……。

８２：ツンドラ
白銀さん、宵越しの金は持たない所持者だったよね？
その白銀さんが散財したぶんて……。

８３：てつ
聞きだせたのは、やっぱマスコット関連。
あとはホームの情報とかも売ったって。日本家屋とか。

８４：チョー助
日本家屋？　そんなもの、ホームの種類にあったかな？

８５：タカシマ
ない！　俺はホームを買う時に隅から隅までチェックした！
間取りを見るの面白かった！
だからこそ断言しよう。あのリストに日本家屋などなかったと！

８６：ツンドラ
つまり、それが早耳猫を恐怖に陥れた情報ってことか……。

８７：苫戸真斗
妖怪マスコットの守護者の称号。
あれって、どうせ白銀さんの仕業に違いないって言われてましたよね？

８８：チョー助
言われてたね。

８９：苫戸真斗
つまり、今の白銀さんはホーム持ち。そして、マスコット大量。
つまり、可愛いモンス＋可愛いマスコットでパラダイス？

９０：タカシマ
待て。確かブンブクチャガマとかスネコスリも確認されていたはずだ。

９１：苫戸真斗
モンス＋マスコット＋妖怪？
桃源郷ではないですか！
ああ！　見たい！　そして加わりたい！

９２：チョー助
や、やばいな。
可愛いもの好きたちが暴走するかもしれん。

９３：ツンドラ
白銀さん！　逃げて！

９４：てつ
迫りくる暴徒たちを前に、一人。また一人と倒れていく見守り隊。
最後に響くのは白銀さんの慟哭(どうこく)。
白銀さん見守り隊ＶＳ可愛いモノフーリガン。
近日公開予定！

９５：苦戸真斗
やったらー！
まあ、まずは情報集めから始めますけど。

９６：タカシマ
白銀さん見守り隊の名を聞いて日和ったな。

９７：苦戸真斗
どこで白銀さんを見ているかも分からない謎の組織。見守り隊。
その監視の目からは何人たりとも逃げられない……。
見守り隊だけは敵に回すな！
それが合言葉！

９８：チョー助
まあ、組織っていうか、単に白銀さんファンの総称だから。
一日一回白銀畑を見に行ったり、白銀さんのモンスを物陰からこっそり見つめたり、町中で白銀さんを見かけて「やった、白銀さんを見ちゃった。今日

はいいことあるかも！」みたいな人たちも全員が見守り隊だから。
白銀さんが困っていたらとりあえずＧＭコールしとこうかなって考えたらそれでもう白銀さん見守り隊。
俺たちもある意味一員だぞ？

９９：ツンドラ
な、なにぃ？
じゃあ、いつの間にか俺も見守り隊員だったのかｗｗｗ

１００：てつ
俺も？
なんてこったぁｗｗｗ

１０１：苫戸真斗
わ、わたしはどっちの組織を優先すれば……。
このままでは二重スパイのコウモリ女と呼ばれてしまいます！
あ、どっちも実体のない組織だった。

１０２：チョー助
見守り隊は、みんなの心の中にあるんだよ。

１０３：タカシマ
俺は白銀さんのホーム探しに行こうっと。

：：：：：：：：：：：：：：：：：

【称号】まだまだ情報の乏しい「称号」について語るスレＰａｒｔ１１【ほ

しい】

：：：：：：：：：：：：：：：

２３４：カインズ
称号取得しました！

２３５：クルミ
おめでとう。それで、何をとったの？
もしや新称号？

２３６：カインズ
いや、精霊門の巡回者。

２３７：キタロー

四つの精霊門を全部解放したらもらえるやつか。
白銀さんがゲットしたと思われる精霊門の到達者の普及版な。

称号：精霊門の巡回者
効果：賞金三〇〇〇G獲得。ボーナスポイント１点獲得。精霊系ユニークモンスターとの遭遇率上昇。

悪くはない。

２３８：こりあんだー
実際、遭遇率上昇の恩恵はどんなもの？

２３９：カインズ
正直、分からん！

だって一度もユニークシルフに遭遇してないから！

２４０：ケロピー
まじで？
あまり上昇率は高くないのか？

２４１：キタロー
仕方ないんじゃないか？
元々０．１％だったものが０．２％になったところで体感できないだろうし。

２４２：カインズ
そういうこと！

２４３：クルミ
それよりも、早耳猫で売り出されてた新称号の情報が気になるよ。
誰が取得したんだろうね？

２４４：こりあんだー
妖怪マスコットの保護者と妖怪マスコットの守護者、最速の称号コレクターな。
マスコット関連は早耳猫でかなり情報が売られてたし、そのうち色々と解明されるだろう。
問題はもう一つの方。

２４５：カルーア
最速の称号コレクターですな！
全プレイヤー中最速で一〇種の称号を入手！
二番目以降でも『称号コレクター』の称号はゲトできると言われておりますが。

２４６：ケロピー
しばらく検証は無理だろう。
何せ、この前のデータで二番手でも称号五つしか持ってなかったから。
もう一〇個。いや、今一一個か？
どうすればそんなに称号をゲットできるんだよ。
あの人の真似をすればいいのか？
それが一番難しい気がするんだが……。

２４７：クルミ
白銀さんの真似は無理！
一度パーティ組んだけど、あれは狙ってやってないね。
素だもん。無自覚だもん。
マスコット関連の情報の出所も白銀さんじゃないかって言われてるしね～。

２４８：キタロー
赤牛にそこまで言わせるとは……。
サスシロｗｗｗ

２４９：こりあんだー
もうね。みんなが「あー、また白銀さんね」って思ったからな！

２５０：カルーア
というか、白銀さんと赤牛のパーティですと？
ギザスゴス！

２５１：クルミ
ま、色々あって、知り合ったんだよ。
それよりも、以前に白銀さんの真似をして、いつか青髪さんと呼ばれてやるって宣言してたプレイヤーがいたような？

２５２：カインズ
呼んだ？

２５３：カルーア
青髪さん？
聞いたことありませぬな。

２５４：カインズ
白銀さんの真似なんか無理なんだよ！
誰だ！　称号ゲットしまくりとか言ったやつは！

２５５：こりあんだー
お前だ。お前。青髪（自称）。

２５６：ケロピー
青髪（自称）ｗｗｗ

２５７：クルミ
今度会った時は青髪（自称）ｗｗｗって呼ぶね。

２５８：カインズ
やめて！　それって、耳では「青髪」としか聞こえてないのに、なぜか嘲りを含んでいるという高等テクじゃんか！

２５９：カルーア
青髪（自称）ｗｗｗ殿、がんばでござる。

２６０：こりあんだー
ねえ、青髪（自称）ｗｗｗなんて、白銀さんの真似っこして見守り隊に怒られない？

ＢＡＮされない？

２６１：キタロー
いやいや、いつの間に噂だけが先行して過激な集団みたいになってるけど、噂だから。
掲示板とかで誇張して面白おかしく書いてることが信じられちゃってるだけ。

２６２：こりあんだー
そうなんだ。
白銀さんに話しかけるだけでアウトなのかと。

２６３：ケロピー
白銀さんのファンが、白銀さんが絡まれて困ってたら通報するくらいだろ。
話しかけたらアウトなんて、白銀さんがプレイできなくなるぞｗｗｗ
まあ、多少過激な噂が出回っている方が、白銀さんの身の安全にとってはいいかもしれんが。

２６４：クルミ
じゃあ、これからは気兼ねなく、青髪（自称）ｗｗｗって呼べるね！

２６５：カルーア
そうでござるなｗｗｗ

２６６：カインズ
やめて！

：：：：：：：：：：：：：：：：

【マスコット】マスコットスレＰａｒｔ２【可愛すぎ！】

・ここは実装されたマスコットについて語るスレ
・自分のマスコット自慢をし合いましょう
・スクショの投下も大歓迎
・他の人のマスコットを貶(けな)す行為は禁止です
・新たなマスコット情報も大歓迎

：：：：：：：：：：：：：：：：

２１：ねうねう
じゃあ、それがマスコットの可能性があると？

２２：ニャラライズ
そうそう！
実は妖怪マスコットをゲットできてる人は少し出てるんだよ。
白銀さんの畑にいる見慣れないモンスが妖怪マスコットっていうのは確実。
確認してきたから間違いない。

２３：ヌクモリア
白銀さんの畑からモンスが消えたーっていう阿鼻叫喚の後の、謎の可愛いちっこいのが沢山いるーっていう大騒ぎ。
でも、それも納得できる可愛さだった。
可愛い子たちが大運動会状態！　ヤヴァイ！
あれがマスコットなの？　そりゃあ買うわ！

２４：ねうねう
でも、和服の小さな女の子なんでしょ？
完全に座敷童だし、妖怪の可能性もあるんじゃないの？

２５：ニャラライズ
座敷童は、例の遠野の屋敷で確認されている。

２６：ねうねう
なるなる。あのお屋敷は完全にマスコット関連の場所だもんね。
だったら、座敷童ちゃんもマスコット枠の可能性は高いかも？

２７：ノクターン
ねえねえ！
白銀さんのホームが凄いんだけど！

２８：ねうねう
おお、ついに発見された～？

２９：ヌクモリア
まあ、かなりのプレイヤーが探してたしね。

３０：ニャラライズ
それで、どこにあったの？
やっぱりホームエリア？

３１：ノクターン
そう！　しかも山側にある日本家屋！
今のところ不動産屋の購入リストにさえ載ってない場所だって！

３２：ねうねう
なるほど、見つからないわけだー。
爆弾投下！
相変わらずやらかしてるね！

３３：ノクターン
しかもその庭が凄いらしい。
ホームはフレンドじゃないと庭を覗いたりできない仕様だから私は見えなかったけど。

３４：ヌクモリア
凄いって。どんな風に？

３５：ノクターン
それが、見えた人の話ではモンスとマスコットと妖怪が二〇体近く集まって、飲めや歌えやの大騒ぎ！　らしいよ？

３６：波平
見てきた！
白銀さんのマスコットヤヴァイ！
妖怪コンプしてるのは称号のせいで分かってたけど、完全に未知のマスコットがいた！

３７：ニャラライズ
お庭見えたの？

３８：波平
ああ、花見でフレコ交換してるから。
それよりも、白銀さんの庭に、妖怪でも初期でもないマスコットがいた。

３９：ねうねう
本当にマスコット？
白銀さんなら、新モンスとか妖怪の可能性もあるけど。

４０：波平
モンス、妖怪なら青マーカーが出る。
ああ、妖怪は以前はＮＰＣマーカーだったが、プレイヤー付きの妖怪はアプデで青に変更された。
で、マスコットはＮＰＣマーカーが出るだろ？

４１：ノクターン
理解しました。
それで、どのようなマスコットちゃんですか？

４２：波平
子犬と子猫。
超リアルで凄まじく可愛かった！
まめ柴とミケ猫だ！

４３：ねうねう
いってきます！

４４：ニャラライズ
逝ってきます。

４５：波平
やめろ！　迷惑になるだろうが！

４６：ヌクモリア
今、私のフレが白銀屋敷の前にいたらしいんだけど、大混雑してたって。
そして、運営から警告が出て、みんな慌てて解散したみたい。

４７：波平
な？　その内情報も出てくるだろうし、少し待った方がいい。

４８：ねうねう
三毛猫！

４９：ニャラライズ
子猫！

５０：波平
猫狂いどもが。

５１：ノクターン
多分、その日本家屋の専用マスコットなんでしょうね。

５２：ヌクモリア
そーいえば、早耳猫で日本家屋の情報売ってましたよ？
かなりお高いんで、私は諦めましたけど。

５３：波平
おー、まずはそれを買ったらどうだ？
それで後で俺たちにも教えてくれよ（ゲス顔）。

５４：ねうねう
早耳猫ね！

５５：ニャラライズ
オッケー早耳猫！

５６：波平
まさか本気でいっちまうとは……。
財布の中身も逝っちまわないといいが。

５７：ノクターン
（ー人ー）

５８：ヌクモリア
（ー人ー）

５９：波平
（ー人ー）

：：：：：：：：：：：：：：：

第三章　ミニイベント参加

早耳猫を後にした俺は、不動産屋へと向かっていた。

自然と早足になってしまう。あと少しで強制ログアウトの時間なのだ。

明日は第二陣がログインしてくるため、今日の夜にはその直前メンテナンスが予定されていた。メンテナンス時刻になれば、強制的にログアウトされてしまうのである。

「その前に工房を買わないと」

新たにゲットしたお金で、ホームの地下に工房を設置したいのである。

「いらっしゃいませー」

もう、この不動産屋さんからの特別扱いは諦めた。

日に四回目となれば、他のお店やギルドだったら常連扱いしてくれるんだがな。多分、大量の客を捌くために、処理特化のＡＩにしてるんだろう。

「工房が欲しいんですけど。リストを見せてください」

「はい。こちらをどうぞ」

今のところ、地下の空きは二部屋。つまり、工房を設置できるのは二ヶ所ということになる。

「木工、錬金、料理、鍛冶、裁縫……。色々あるなぁ」

俺が個人で使うなら、料理、錬金、調合あたりだが、うちの子たちも使うとなると、また候補が変わってくる。

「うーん……お？」

悩みながらリストをスクロールさせていくと、下の方に面白い工房が掲載されていた。

「万能工房？　利用可能な生産スキルが凄い量だな。というか、全部？」

なんとこの万能工房、全ての生産スキルで利用できる、その名の通り万能な工房であるらしい。

これがいいかと思ったが、デメリットも当然ある。普通に高い。個別の攻防の数倍の値段であった。また、必要なスペースも倍必要らしく、地下の二部屋を潰すことになりそうだ。

あと、発揮される効果も低い。特化型の工房に比べ、各スキルへの生産ボーナスが八割程度しか発揮されないという。

「それでも、全生産スキルをカバーできるっていうのは魅力的だ。これでいこう」

やはり、全員で使用したいからな。

万能工房・一型というのを購入しておいた。この上にある二型にアップグレードするには、一〇〇〇万Gを支払う必要があるそうなので、まだまだ先になるだろう。

「ありがとうございます。では、早速設置させていただきますね」

俺はホームに戻ると、地下に設置した万能工房に向かう。

だが、そこで拍子抜けしてしまった。一緒に付いてきたサクラも同じだ。

「万能工房だよな？　なんか、凄い殺風景なんだが」

「――？」

万能工房を設置した地下室は、殺風景な板の間に姿を変えていた。

床、壁、天井。以上！　そんな感じだ。サクラも首を捻っている。

だが、よく見ると部屋の入り口横には、和風の部屋には似つかわしくないアクリルパネルのような物が張りつけられていた。サイズは大型テレビくらいだ。

俺がそれに触ってみると、ウィンドウが起動した。木工や鍛冶、料理など、色々な種類を選ぶことができる。

「試しに木工にしてみよう」

俺が木工をタッチする。すると、部屋の様子が一瞬で変化した。

板の間であるのは同じだが、そこには大工道具や彫刻刀など、様々な道具が並べられている。部屋の奥にあるのは倉庫だろう。

「なるほど、その都度姿を変えるってことか。さすが万能！」

「――♪」

「お、早速何か作るか？」

サクラと一緒にこの工房の使い道を色々と検証してみようか。

俺が試すのは刻印スキルだ。以前、サクラの作ってくれた木製湯呑を対象に発動できるということは分かったのだが、道具が不足していて使用できなかった。

この工房があれば、発動できるだろう。

「名前からして、刻んで印す。つまり、彫刻刀とかがあれば使えるんじゃないかと思うんだよ」

この工房にはおあつらえ向きに、彫刻刀が置いてある。俺は一番オーソドックスなV字型の彫刻刀を手に取ると、インベントリから取り出した湯呑に対して再度刻印を試みた。

「ビンゴ！」

すると、俺の目の前に小さめのウィンドウが起動した。

そのウィンドウには風を印章化したようなマークが浮かんでいる。どうやら、このマークで、湯呑のどこに刻印を施すかを微調整するようだ。

オートとマニュアル、どちらも選ぶことができる。

「最初だからもちろんオートで」

湯呑の側面にマークが収まるように軽く調整すると、そのまま刻印を発動した。あとは簡単だ。湯呑の表面に浮かび上がった光に沿って、彫刻刀を動かしていく。はみ出しそうになると、見えない壁のようなものでカバーしてくれた。

マニュアルの場合、このガイドのようなものが出るだけなのだろう。

五分もかからず、俺の目の前には刻印を施された湯呑ができ上がっていた。

名称：手製の湯呑・サクラ印
レア度：1　品質：★1
効果：温度低下速度上昇・微

品質が最低に下がってしまった。しかも、効果が……。多分、冷めるのが速いってことだと思われる。湯呑にこの効果って、最低じゃない？　まあ、風で冷ますってことなのだろうが。

見た目は格好良くなったんだけど、使い辛くなってしまった。

「多分、火とか水の刻印なら、湯呑に適した効果が発揮されるんだろうな……」

「――」

「慰めてくれるのか？　ありがとうな」

「――♪」

サクラが俺の肩に手を置いて、にっこり笑っている。おかげで元気出たぞ。最初から上手くいくはずがないのだ。

「練習のために、効果はあまり気にせずにいくつか刻印をしてみるか」

「――♪」

「お、皿か？　よし、刻印！」

いけるいける。やはり木工製品なら刻めるらしい。ただ、付いた効果は微妙だ。なんと食品劣化速度上昇・微である。上に載せた料理の腐敗速度が速いってことだろう。

利用方法さえ思いつかないダメアイテムだった。まあ、見た目はいいから、載せてすぐ食べればいいんだろうが……。

その後、俺はカトラリーや食器を中心に刻印を試していった。その結果分かったことは、料理と風は相性があまり良くないということである。刻印のスキルレベルは上がったが、ろくな効果は付与できなかった。

唯一悪くない効果が付いたのがスープ皿だろう。香り拡散・微という効果だった。スープの香りをより広める効果だと思う。まあ、野外で使ったらモンスターを引き寄せてしまいそうだが。

だが俺は諦めないぞ。木工製品はまだまだたくさんある。

「……他は……座椅子か」

そして、座椅子や普通の椅子に刻印を施した俺は、ようやくまともな製品を作り出すことに成功していた。

「微風効果……。なるほど、座ってみると少しだけ風を感じるぞ」

本当に微かではあるが、頬や腕に風の流れを感じた。暑い場所では、心地いいだろう。この座椅子を縁側に置いたら、きっと涼しげで快適なはずだ。

「第五エリア以降は四季が固定されてるって話だし。夏のエリアだったら欲しがる人はいるかもしれん」

始まりの町は四季がない。いや、ないというよりは過ごしやすい温度になっている。秋口くらいかね？　リアルだと炬燵に入ったらちょっと暑いかもしれないし、薄着だと寒いくらいだ。

ただ、プレイヤーは外部刺激にやや鈍い設定になっているので、炬燵に入っても暑いとは思わないし、庭で遊んでいても寒くないのだった。むしろ、どちらでもちょうどいいと感じるのである。

「あとは武器とか……、鍛冶製品か？　さすがに料理には刻めないっぽいし」

普通に考えたら、武器に属性を追加するためのスキルなんだろうしな。

「まあ、刻印はある程度分かった」

座椅子とかに刻印をしておこう。

あと、劣化速度上昇は、発酵には使えるかもしれん。刻印入りの発酵樽を作って、早速ルフレを呼んで実験してもらうことにした。狙い通り、劣化速度上昇効果の付いた樽をルフレに渡す。

「頼むぞ！　これで、さらに色々なものが速く作れるようになるかもしれん」

「フム！」

刻印はこんなところかな。

お次に試したいことは、最速の称号コレクターの報酬で手に入れたスキルスクロールであった。まだ開いていないのだ。

「称号の報酬だ。きっといいスキルがゲットできるに違いない！」

過去の例から考えても、ランダムスキルスクロールのランダムとは、全スキル中からという意味ではない。

水霊の試練で手に入れたスキルスクロールからは水関係。風霊の試練のスクロールからは風関係のスキルが手に入った。

多分、いくつかの候補があり、その中からランダムで選ばれるのだろう。

ならば、ユニーク称号の報酬であるこのスクロールからは、どんな凄いスキルがゲットできるのであろうか？

「くくく。もしかしたらｅｘスキルくらいは手に入ってしまうかもしれん……」

「――？」

「フム？」

「サクラ、ルフレ、見てろよ」

「――」

「フムー！」

そして、俺はスクロールを開く。

「ふははは！　なんかいいスキルよこい！」

軽く光ったスクロールが光の粒となり、俺の体に吸い込まれていく。成功だ。

「さて、どんなスキルを――うん？」

ステータスを見たら、確かに新しいスキルが追加されていた。

だが、これか？　これなのか？

「えっと、念動？」

俺が新しく覚えたスキルは、念動であった。スネコスリと仲良くなったら解放されるスキルである。あと、ゴーストタイプの敵が攻撃に使ってたかな？

プレイヤー間の評価では「罠(わな)解除に便利」「攻撃には使えそうもない」「遠くの物を取るのには便利だよ？」という評価だった。

シーフ系のプレイヤーに取得者が多いそうだが、それ以外のプレイヤーには不評であるらしい。

「色々ある中で、これか？」

「――？」

「ま、まだ使えないって決まったわけじゃないもんね！　色々と実験してみないと！」

ということで、念動を使用してみた。

「ほほう」

念動を使うと、見えざる手のような物が視認できた。

あとは脳内でイメージすれば、意外とスムーズに動く。広がれと思えば霧のように広がるし、集まれと思えば棒のようにもなる。

しかもサクラにはこれが見えないらしい。術者だけに見えるのだろう。結構強そうじゃない？

俺は念動を使って物を持ち上げようとしてみた。

そして、すぐにその使えなさに唖然とする。

「くっ。射程はそこそこだが……。でも力がこんなものじゃ……」

スキルレベルが低いせいか力が弱く、スプーンを五秒以上持ち上げていられなかった。射程は五メートルほどあるので、力さえ上がれば悪くないかもしれないんだが……。

「箸よりも重い物が持てないってやつ？」

いや。より念動を集中させれば、力が上がると書いてあったな。俺は念動を棒のように凝縮して、スプーンをもう一度持ち上げてみる。

「お、今度はいいぞ。じゃあ、これで物を投げてみるか」

俺は念動の腕を大きく振りかぶり、スプーンを放り投げようとした。しかし、振りかぶる途中で念

動が途切れ、スプーンがその場に落下してしまう。効果時間が短いようだ。

「もう一度だ」

しかし、何度やっても振りかぶるところまでいかない。

「何か違うアプローチを……。野球の投球を考えるからダメなのか？　バスケの両手パスっぽくいけば……」

俺は念動をより収縮させ、その反動を利用して物を飛ばすことを考え付いていた。投げるというより弾き飛ばす。パチンコみたいなイメージだ。

「うおおお！　念動スリングショットォォ……お～……」

飛んだ。二〇センチくらい。その後、何度か繰り返してみたんだが、やはり遠くに飛ばすことはできなかった。

「やっぱ力不足だな」

レベルを上げていけば、解消されるのだろうか？　いや、もしレベルを上げただけで化けるのであれば、しょんぼりスキル扱いされないだろう。

調べていくと、このスキルの力は本体の腕力依存であるらしい。しかも、スキルレベルを上げてもそこまで強化されない。

このスキルの第一人者があの浜風らしく、使用感を掲示板に書き込んであった。さすが陰陽師だ。

スキルレベル20の時点で射程が一〇メートル。石を拾って、軽く投げる程度の力しかない。しかし、隠れた場所から挑発して誘導したり、離れた場所の素材を採取するのには使える。そういう評価だった。

便利ではあるかもしれないけど、他で代用できそう。特に様々な能力を持った従魔がいる使役職の場合は。

「……まあ、ボーナスポイントを消費したわけじゃないし、損したわけでもないんだ。レベル上げしながら使い道を考えよう」

クイクイ。

「――」

「お？　どうしたサクラ」

裾が引っ張られたので振り向いてみると、サクラが何やら木工製品を手に持っていた。

「これは……団扇じゃないか！　しかもこっちは竹とんぼ？」

「――♪」

「もしかして刻印が使えそうなアイテムを作ってくれたのか？」

「――♪」

「そっかー！　えらいぞ！」

なんてできた子だ！　それにしても、竹とんぼはともかく、団扇なんて作れるんだな。紙は以前ソーヤ君の店で仕入れたことがあるからそれを使ったのだろう。

ただ、俺が知る団扇とは構造が少し違っている。

なんと言えばいいか……。まず骨組みが少ない。その分、下半分が薄い木の板でできていた。紙を

節約しつつ、強度を上げているのか？
持った感じ、リアルの団扇よりも重い。あと、団扇の下半分が木でできているせいでしなりが弱く、発生する風も弱かった。

だが、これは刻印にとっては悪くない。何せ、刻印を施すにはある程度の余白は必要なのだ。オートではなく、マニュアルで彫れば融通が利くのだろうが、俺にはそこまではまだ無理である。

その後、団扇に刻印を施すと、風属性上昇・微という効果だった。品質は最低だが、それで発生する風が悪くなるわけもない。まあ、臭い風になったりしないかと、最初は少し不安だったけどね。

結果、少し動かすだけで強い風が生まれる、最高の団扇になったのだった。

「これはいいなぁ～」

「――♪」

そして竹とんぼなのだが……。こっちは失敗だった。三つは刻印がはみ出しておりゴミに。唯一成功したかと思った竹とんぼも、飛ばしたら空中分解してしまった。刻印を施した羽根の強度が下がったんだろう。効果は風属性上昇・微だったので、多分滞空時間が延びると思うんだが……。

「まあ、団扇が成功したんだ。あまり落ち込むなって」

「フム～」

「――」

「ほら、元気出せ。な？」

「――♪」

肩を落とすサクラを慰めてやると、俺の手を握って微笑(ほほえ)んでいる。

いつもはお姉ちゃんなサクラが、落ち込んで甘えてくる姿はレアだ。それが見られてむしろラッキーと思ってしまったことは内緒である。

「刻印スキルは面白そうだな……。他の刻印も手に入らんかな？」

ボーナススキルをチェックしてみるが、そこに刻印スキルは存在していなかった。多分、何かのスキルをレベルアップさせた時に入手できる、派生スキルなのだろう。

「残念だね～。でも、前提スキルによっては、取得を目指してみてもいいいな」

こういう時こそ早耳猫！　刻印スキルの情報を買えばいいのだ！

「あ、その前にやれそうなことは全部試しておこう。サクラ、団扇まだあるか？」

「――♪」

「よし、これにこの塗料で――」

思いついたのは、描画スキルを使って刻印のマークを描くことであった。

「えーっと、さっき刻印を施した団扇をお手本にして……こうか？」

うーん、どうしても完全に同じ形とはいかないか。しかも効果が発動しないし。

「……ああ、そうか。こうすればいいんだ」

俺は刻印スキルをオート発動した。どこに彫るか、刻印のマークが団扇の表面に浮かび上がる。しかし、決定はしない。浮かび上がったマークを塗料でトレースするつもりなのだ。

「お、これは楽だぞ！」

そうやってほぼ完璧に刻印を描くことができたんだが――。

「ダメか～」

まあ、刻んで印すスキルだもんね。彫るということが重要であるらしい。

「じゃあ、俺は早耳猫に行くから、後は頼むな？　地下はみんなでローテーションで使うこと」

「――♪」

「フム！」

サクラたちを残して、早耳猫に向かう途中。俺は畑の風車塔を見上げてふと思いついた。風車は風属性のものだよな？　あれに刻印を施したら、より強化できないか？

「風車の羽根には届かないし……。石臼とか外壁か？」

「フマ？」

「トリ？」

「お、アイネとオレアか。面白い組み合わせだな？」

いやや、ちびっ子で精霊っぽい者同士。意外と気が合うのだろうか？　木人形風のオレアの肩に、アイネが掴まって浮いている。

「今から風車塔に刻印を試すんだ、見てろよ」

「フマフマ！」

「トリリ！」

応援してくれているのだろう。二人が俺の左右でズンタッズンタッとリズムに乗って、踊ってい

る。動き回りながらバンザイを繰り返す、子供特有の適当ダンスではあるが。

「じゃあ、まずは外壁に……む？」

ダメだ。彫刻刀が全く通らん。硬いとかそういう話ではなく、システム的に傷をつけることができないらしかった。

「フマ～」

「トリ……」

「まてまて、まだ失敗と決まったわけじゃない。他の場所でも試すぞ」

次は石臼に試す。だが、こちらもダメであった。見えない壁に阻まれる。

「オブジェクトに刻印はできないってことか？」

「フマ！」

「トリー！」

「お？　どうしたどうした？」

アイネとオレアが俺を引っ張り始めた。どうも、どこかに連れていこうとしているらしい。

ちょっと抵抗して動かずにいたら、二人の必死の顔が可愛い。

「フマフマ～！」

「トーリー！」

俺がニヤニヤしながら見下ろしていることに気づいたのだろう。オレアが俺の足を、アイネが俺の頭をポカポカと叩く。

それも可愛いんだが、これ以上悪戯したら嫌われそうだ。

「分かった分かった。行くって」

「フマ！」

「トリ！」

全くもうって感じでプンプン怒っている二人に連れていかれたのは、果樹園であった。

すると、オレアが自分の本体であるオリーブ・トレントの上の方を指差している。

「何が……え？　あれなんだ？　巣箱？」

「トリ！」

なんと、オレア（本体）の枝の上に、白木の箱が設置されていた。どう見ても鳥の巣箱だ。だが、そこから顔を出したのは小鳥ではなく、リックであった。

「キキュ？」

「なるほど、リックの巣箱！」

多分、サクラが作ったのだろう。まさか、そんなものを作って、自分たちで設置するとは思っていなかった。だが、サクラが作ったものであれば、刻印を施せるだろう。

「うーん……。あれにそのまま刻印するのは怖いな」

良い効果が付けばいいけど、変な効果が付いたらせっかくの巣箱が台無しである。

「あとでサクラに巣箱を作ってもらって、それで試そう。ホームに置く分も欲しいし。教えてくれてありがとうなオレア」

「トリ！」

「キュー！」

「はいはい、お前もなリック」

「フマー！」

「行くから、焦るなって！」

ちびっ子たちに纏わりつかれてしっちゃかめっちゃかだ。特に頭部。肩車状態のアイネと、頭の上に乗ったリックのせいで、視界が悪い。

「スネー」

「うお！　お、お前もか！」

最後にスネコスリがやってきて首に巻きついた。もう、訳が分からん。

「あいー！」

「ニャー」

「ワン！」

「おお？　お前らも畑にきたか」

突然足に走った衝撃に振り返ると、俺の足に座敷童のマモリが抱きついていた。その両脇には、三毛猫のダンゴと、マメ柴のナッツが控えている。この三体が並んだ絵面、ヤバくね？　可愛さが爆発している。

「ニャー」

「こ、こら！　ダンゴ！　お前まで登らんでいいから！　あ、マモリ！　なぜナッツを俺に押し付ける！　分かった！　抱くから！」

「フマ！」

「ああ分かってるから！　お前の所にも行くから！　目を塞がないで！　だーれだ？　状態だから！」

「フマ？」

うちの子たちを体中に纏わりつかせてお祭り状態の俺がアイネの指示でたどり着いたのは、養蚕箱の前だった。

「養蚕箱か。確かにあれなら刻印を施せるかな？」

ホームオブジェクトの中でも自作可能なアイテムだからな。案の定、刻印を発動してみると、弾かれることはない。それに養蚕は風の精霊であるアイネが持っている初期スキルだ。刻印・風と相性がいいかもしれない。

「でも、これも今すぐは怖いな」

「フマ？」

「もう少しスキルレベルが上がってからな？」

「フマ」

だいたい、まだ最初の糸も回収できてないのだ。改造するには、デフォルトを知っておかないとだめだろう。

「おーい、そろそろ下りてくれー、ちょっと出かけるから～」

俺が頼むと、ちびっ子たちは三々五々に散っていく。みんなでワチャワチャ遊んで満足したのだろう。

「ユート！」

「お、タゴサック。今朝ぶりだな」

「ああ」

畑の外に出ると、ちょうどタゴサックが自分の畑から出てくるところだった。軽く挨拶をかわす。

互いの畑が隣り合っているうえに、ファーマーは朝にログインして畑の手入れをするのが常識だ。タゴサックとは二日に一度は顔を合わせている。

それでもタゴサックは俺の畑を見て、驚いているようだった。

「お前んところは、日に日に凄くなるよな。あと、急にちっこいのが増えたが……」

「マスコットだな」

「なるほど、大運動会だ……」

「ん？　なんだって？」

「いや、掲示板の情報がな……。まあ、気にしないでくれ」

大運動会？　ああ、確かにうちの子たちが追いかけっこをしている姿は運動会っぽく見えるな。夜の墓場でじゃなくて、昼の畑だけど。

「カパー」

「バケー」

「あいー」

「ポンポコー」

妖怪枠は結構いるんだけどね。

「ホームの調子はどうだ？」

「なかなかいいぞ。うちのモンスたちも楽しそうだし、マスコットも可愛い。畑もあるし」

「畑？　庭付きを買ったのか？　成長に違いは？」

「今はオルトたちに耕してもらってる状況だから、まだ分からないな」

「そうか。良さそうだったら教えてくれよ。俺も購入を迷っててな」

ソロのファーマーの場合、ホームは絶対に必要ではないだろう。むしろ畑の拡張や整備にお金を使いたい。そこでいくつか情報交換をして、俺は早耳猫に向かった。

第七エリアで雇えるＮＰＣに、育樹持ちがいるっていうのは面白い情報だ。

これで一気に樹を育てるファーマーが増えそうだし、新しい素材なんかも出回るかもしれない。

「アリッサさん、どうも」

「え？　ユート君……。も、もしかしてまた情報を売りに……？」

なんでそんな怯（おび）えたような眼で見るんだ？　何かしたっけ？

「いえいえ、情報を買いに来たんですよ」

「ほっ。そういうこと。それで、どんな情報が知りたいの？」

「刻印スキルについて知りたいんです。取得情報と、使用方法について」

「ふむふむ。そういえば刻印・風は持ってるんだったっけ？」

そうして刻印の取得情報を教えてもらったんだが、かなり難しそうだった。まず、彫刻、細工、石工、大工スキルのどれかがレベル２０以上で、その属性に対応した魔術がレベル２０以上であることが条件であるらしい。

想像以上に取得条件が厳しい。

「特に、刻印・風は取得者が少ないね～。今のスキルを積極的に使う職業だと、土と火が多いから」

「じゃあ、何か面白い刻印アイテムを作れば、売れますか？」

「ユート君のアイテムなら、面白くなくても売れると思うけど……」

「ははは、だと良いですけどね。あ、あとは刻印に関してもう一つなんですが……」

絵で描いても無駄なのかと聞いてみたら、描画で属性を付与するためには紋章というスキルが必要だと言われてしまった。

やはり刻印は彫るためのスキルであるらしい。因みに紋章は、描画や執筆を上昇させると覚えられるそうだ。こっちなら狙えるかもしれない。

「あ、そうだ。もう一つ面白い情報があるんだけど、買わない？　光胡桃（ひかりくるみ）みたいな、発光するアイテムに関する情報なんだけど」

「へえ。それは面白そうですね」

実は光胡桃がそこそこインベントリに溜まっているんだが、使い道がいまいち分かっていないの

だ。リックの木実弾で使えば結構強いが、それくらい？

蛍光塗料とかにできるかもしれないけど、無駄にするには貴重過ぎるアイテムだし、実験が全然進んでいなかった。一応何度か実験してみたけど、光胡桃を無駄にしただけだ。

ヒカリゴケの方では色々試したけど、こっちでも蛍光塗料を作ることができなかった。おなじみの雑草水になったり、混ぜ込んだ塗料の品質が下がったり、ゴミに変わっただけである。

「蛍光塗料の作り方なんだけど、ヒカリ茸っていうキノコが必要らしいわ。これと、光胡桃を一緒に塗料に混ぜ込むと、蛍光塗料になるんだって」

「ヒカリ茸……。どこにあるんです？」

「地底湖で極稀に見つかるみたい。絶対にあるわけじゃなくて、非常に低確率で生えてるの」

「第五エリアですか……」

俺、まだ第三エリアまでしか到達してないんですけど？　無理じゃね？

「そう？　ユート君なら行けなくもないと思うけど」

「うーん……。そのキノコ、普通に買えないってことですか？」

「まだ希少だから、市場には出回ってないわね」

ヒカリ茸か。蛍光塗料以外にも、色々と面白そうだ。ぜひ入手したい。

「これは、いよいよ俺も先に進むべきなのか？」

明日には第二陣もくるし、この辺は混み合うだろう。だったら先のエリアを開拓するのもありだろう。

「じゃあ、第四、五エリアの情報を貰えますか？」

「毎度ありー」

上手く乗せられた気もするけど、まあいいか。いつまでも初期エリアだけにいたら、トッププレイヤーに引き離されるだけだしな。

そうやって先のエリアへの情熱を燃やしつつホームに戻ると、ヒムカが地下を利用していた。

「ヒムヒム！」

カーンカーンと小気味よい音を立てながら、銅のインゴットを叩いている。

万能工房を手に入れたことで、ヒムカも全ての能力を発揮できるようになったらしい。ガラス製品、銅製品、陶器がいくつか並べられている。

「ガラスと陶器は珍しいよな……。特に陶器」

「ヒム！」

「色々作ってくれよ。材料はいっぱい使っていいからな」

「ヒムム！」

笑顔で万歳しているヒムカ。やっぱり生産活動そのものが好きであるらしい。

「このグラスとかタンブラーで、炭酸とか飲んだら美味(うま)そうだよな～。縁側でサイダーとか、風呂上がりにビールとか……」

そんなことを考えていてふと思ったが、ヒムカの作品に刻印はできるか？　保冷機能の付いたタンブラーとか、最高じゃないか？

銅製品は薄い物が多く、これに彫刻刀を入れたら穴が開くだけだろう。

「試してみていいか？」

「ヒム！」

どーぞどーぞとヒムカがグラスをさし出してくれた。俺はそれを手に取って、刻印を発動してみる。

「ガラス製品に――あ」

刻印の発動はできたが、彫刻刀で削った直後にゴミ化してしまった。透明なガラスのコップが、いきなり黒い炭みたいな物質に変わる光景を見るのは心臓に悪いな。

「じゃあ、焼き上げる前の状態なら……？」

ヒムカがロクロで作り上げた、粘土の皿に刻印を施してみる。しかし、上手く行かなかった。刻印を掘ることはできたのだ。

だが、焼き上げても効果は発揮されなかった。

皿もコップも、焼くことで僅かに形状が変化し、刻印の形も変わってしまったらしい。これではただの模様だ。

「これは、なかなか難しそうだ」

「ヒムー」

もう少し実験が必要そうだった。失敗したやつも使えないわけじゃないし、とりあえず無人販売所で売っちゃおうかな。

その後、リックの巣箱に刻印を施したら、防風・微っていう機能がついて、大層喜んでくれた。そのまま調子に乗って養蜂箱に刻印をしたら、劣化速度上昇の効果が付いて、クママにメッチャ怒られたけど。

どうやら内部に効果があるのではなく、養蜂箱の劣化速度自体が速くなってしまうという意味だったらしい。慌てて削ったら刻印の効果は消えたが、結局巣箱の耐久値が大きく下がってしまったのだった。

サクラに頼んで耐久値を回復してもらわないとまずそうだ。

「あれ、もしかして発酵樽に付いた劣化速度上昇って……」

考えてみれば食品劣化速度上昇じゃなくて、単なる劣化速度上昇だったよな……？

「ま、まあ。経過を観察してみれば分かるか」

「クマ！」

「うお！　すまんすまん。いや、まじで謝ってるから！」


翌日。

「……む？　なんか重い」

ログインした俺は、ホームの布団で目を覚ましていた。

さわやかな目覚め――とはいかず、なぜか体が動かない。いや、原因は分かってるけどさ。

「お前ら、乗り過ぎだ」

「ウニャ？」

「あい?」

マスコットたちが俺の布団の上に群がっていたのだ。

寝顔を観察していたらしい。

「おーい、起きるからどいてくれー」

「バケー」

「ワフン」

モンスたちもホームでは好き勝手に遊んでいるが、マスコットたちも大概自由だな。

マスコットたちが転がり落ちないようにゆっくり身を起こすと、俺はそのまま台所へと向かった。

蛇口を捻って水を出し、ヒムカお手製のタンブラーでグビッと飲み干す。

「ふぅ。美味い」

リアルよりも美味しく感じるのは、雑味とかがないからか?

ゲームの中では身支度なんてしなくていいから、すぐに家を出られる。今日も色々とやりたいことがあるけど、まずは行きたい場所があるのだ。

「よし、広場に行くか」

畑にいたモンスたちに声をかけ、俺は広場へと向かう。

中央広場に行くのには、二つの目的があった。その一つは、第二陣プレイヤーの野次馬だ。

どんなプレイヤーたちがやってくるのか、見てやろうと思ったわけである。

屋台で買った朝食代わりの串焼きをかじりつつたどり着いた中央広場は、いつもとは全く違う様相

を呈していた。

「ほー、これはなかなか凄いじゃないか」

「フマー」

「ヒムー」

キャラメイクを終えた新規プレイヤーたちが、どんどんとログインしてくる様はなかなか壮観だ。日本国内での第二次出荷分が六万本だったかな？　全員が今日インしてくるわけじゃないだろうが、それでも数万規模だ。一気にプレイヤー数が増えるだろう。

技術革新のおかげで、現代では一〇〇万人が同時にインしてもストレスなくプレイできる。このゲームでも、サーバー分けされるのはイベントの時などだけだ。

最近のVRゲームだと当たり前のことだが、上の世代からすると驚きであるらしい。昔は一つのゲームで何十ものサーバーがあったらしいからな。

とはいえ、世界中のプレイヤー全てを一気にというのは難しい。第二次出荷分からは世界中で販売されており、とりあえず国ごとにサーバー分けされる予定だそうだ。

「この広場だけでも一〇〇〇人以上はいそうだもんな」

初心者たちがその場でステータスチェックをしている姿を見ていると、初期の頃の自分を見ているようでホッコリするね。

「それに、テイマーの数も結構多いんじゃないか？」

俺がテイマーなので、従魔連れのテイマーが目に入ってしまうだけかもしれないが、割合的にはそ

こそこいる気がする。

「お、あの子は初期モンスがリトルベアか。当たりだな。あっちの子はピヨコ？　あれも当たりだ」

「モグ」

「ヤー」

というか、モンスにハズレなどないが。大事に育てていけば、いつか信頼に応えてくれる日がくるのである。

「お前らだって、成長したら凄く強くなったもんな」

「キュ？」

「クマ？」

なんてことを考えながら一端のプレイヤーぶっていたら、広場で微かなざわめきが起きた。

「なんだ？」

広場のプレイヤーたちが同じ方を向いている。すると、そこには一人の少女と、小さな少年が立っていた。

少女は身長一四〇センチほどで、超ロングの金髪だ。なんと、髪の長さが膝裏ぐらいまである。

だが、プレイヤーたちが注目しているのは少年の方だ。緑色の髪の毛の、クワを背負った少年。そう、ユニークノームだったのだ。初心者といっても事前に情報を仕入れているプレイヤーが多いのだろう。そのノームに気づいているプレイヤーたちが注目しているらしい。

「うーん、初期でノームか」

俺は今ではそれでよかったと思っている。ただ、苦労したことも確かなのだ。

「あの娘、大変だろうな。でも頑張ってほしいぜ」

いや、事前情報でノームのことを仕入れていたら、キャラ再作成しちゃうかもな。残念だけど、戦闘能力なしはやはり難しい。

だが、ノームの姿を見た少女は、満面の笑みでノームに抱き付いていた。

「やった！　ノーム！」

お？　もしかしてノーム狙い？　いや、初期モンスは狙ってどうこうなる問題じゃないし、欲しいモンスの一種類だったたってことか？

まあ、喜んでいるならいい。同じノームテイマーとして応援しよう。陰ながら、だけどね。だって、ここで声かけたりしたら完全にナンパだよ？　同じテイマー職であるということを利用して、小さな美少女に声をかける社会人。はいアウト！

「まあ、その内だな」

それよりも、もう一つの目的がそろそろのはずなんだが……。

ピッポーン。

「お、きたきた」

《ただ今より、第二陣ログインミニイベント「始まりの町の小探検」第一回を開始します》

特殊なイベントが開催される予定だったのだ。参加者が数人一組となり、ミニゲームのようなものにチャレンジする小さなイベントである。

俺は中央広場にいなくては参加できないんだと思っていたが、始まりの町にいれば参加可能だったらしい。

俺は参加するボタンをタッチした。その途端、俺や一緒にいたモンスたちの体が光り輝き、すぐに視界が変化した。

広場から、イベント用のフィールドに飛ばされたのだろう。

ただ、場所的には全く変わっていない。先程までと同じ、始まりの町だった。

変化したのは人の数だ。今まで広場にいた大量のプレイヤーたちが、一斉に姿を消していたのである。

どうやら、始まりの町を模したフィールドであるらしい。

「さて、ここで何をするのかね？」

周囲を見回すが、人がいない以外は異変がないようだ。いつも通りの、始まりの町である。

ピッポーン。

「お、イベントの説明かな？」

《この疑似始まりの町には、一二個の宝玉が設置されています。この宝玉を一二名のプレイヤーの皆様で手分けして入手し、制限時間内に水臨大樹の根元の祭壇へと安置してください》

宝探しとオリエンテーリングが合わさったようなイベントなのかね？

同じフィールドには一一名の仲間がいるようだが、周囲には見当たらない。

「まあ、歩いていればその内出会うか。よし、それじゃあ宝玉探しに行くぞ！　みんな、張り切って

探してくれよ！」

「ヤー！」

「フマー！」

今連れているのは、リック、クママ、ファウ、ドリモ、ヒムカ、アイネの六人である。

畑にいた子を適当に連れてきたんだけど、飛行戦力であるファウとアイネがいてくれるのは心強い。何せ、広い始まりの町で宝探しをしなくてはならないのだ。

俺はリックとファウを両肩に乗せ、アイネを肩車した状態で歩き出す。

飛行戦力はどうしたって？　まあ、その内役に立ってくれるだろう。

「クマー」

「ヒムー」

クママとヒムカは俺から離れて、生垣をかき分けてみたり、壁の隙間を覗き込んだりしている。

あんな分かりづらいところにあるか？　たった一二人。しかも今日ログインしたばかりの初心者が交ざっていることを考えれば、もっと分かりやすいところに置いてあると思うんだよな。

「モグモ」

ドリモは俺の真横で、周囲を警戒してくれている。多分、モンスターが出現した場合に備えてくれているんだろう。他の子たちは楽し過ぎて警戒が疎かになってるかもしれんし。ヒムカとクママはかなり離れてしまっており、もう完全に俺のこと忘れてるし。

「ドリモ、お前だけが頼りだからな」

「モグ」

俺の足をポンポンと叩いて、軽く頷くドリモ。明らかに「安心しな」って言ってる感じだ。さすがドリモさん！　ハードボイルドっす！

モンスたちと町を歩くと、いつもと違う雰囲気で十分面白かった。

俺たち以外の人影が全くない町なんて、普通じゃあり得ないからな。

ただ、宝玉とやらは見つからない。そろそろ本気で探索を始めるかと考え始めた、その時だった。

ピッポーン。

《スケガワさんが、宝玉を一つ入手しました。残り一一個です》

なんと、知り合いが同じフィールドに参加していたらしい。

エロ鍛冶師のスケガワは、以前のイベントなどでも一緒に戦ったフレンドの一人だ。エロ鍛冶師なんて名乗ってる変わり者だが、気軽に話ができる相手でもあった。

あいつ、クリスのことどうしたんだろう。

あの時は、僕っ娘ネクロマンサーのクリスの世話を押し付けて逃げてしまったんだが……。

「会うのが怖いな」

「モグ？」

「なんでもないよ。いざとなったら土下座でもしよう」

以前アイツも土下座してきたし、土下座返しだ。土下座される側の居たたまれなさを味わわせてやるぜ。

「くくく」

アイネが俺の頭部によじ登って、逆さま状態で俺の顔を覗き込んだ。

「フマ?」

「……な、なんでもないよ」

「フマー?」

「本当になんでもないから」

アイネの澄んだ目を見て、急に色々と恥ずかしくなった。土下座してやるぜって、なんの決意だ。

「それにしても、宝玉はどこだろうな……」

「モグ」

「どうしたドリモ?」

「モグ!」

曲がり道で、ドリモが急に俺のローブを引っ張った。つられて、ドリモと同じ方を向いてみる。

するとそこには、今まで始まりの町では見たことのない不思議な物体が存在していた。

大通りのど真ん中に、石で造られた舞台のようなものが設置されている。間違いなく、イベント関連のオブジェクトだろう。

俺たちは慎重に石の舞台に近寄ってみる。

「敵はいないか」

「モグ」

ドリモが率先して舞台に上がり、安全を確かめてくれた。

危険はないようなので全員で舞台に上ってみると、その中央には大きな宝箱が置かれている。それに近づくと、不意にウィンドウが起動した。

「えーっと、なになに……クイズの試練？」

宝箱を開けるには、ミニゲームに挑戦してクリアせねばならないらしい。失敗した場合、そのプレイヤーはこの試練には二度と挑戦できず、他のプレイヤーに任せないといけないようだ。

「クイズか……」

全一〇問中、七問に正解せねば失敗である。

クイズの難度によっては、失敗率は高そうだ。

「ま、俺以外に一〇人以上もいるんだし、気軽に挑戦すりゃいいか」

俺はそう考えて、挑戦するをタッチした。その途端、石の舞台の上に巨大なモニターが出現する。

ちょっとクイズ番組みたいでワクワクしてきた。

モニターを見つめていると、「ダーダン！」というアタック音と共に問題が映し出される。

『第一問。最初にログインした町の名前は、出発の町である。〇か×か？』

メチャクチャ簡単な問題きたな！　始まりの町だから、×が正解だ。

でも、実はひっかけ問題ってことはないか？　俺の知らないところで、別名で出発の町とも呼ばれているとか？

俺はそんな話を聞いたことはないが、噂に精通したフレンドがいるわけでも、情報通なわけでもない。俺が知らないからといって、ハズレであると言えるのだろうか？

「モグ？」

「ヒム？」

うちの子たちが、俺を見て首を捻っている。簡単な問題に、何を悩んでいるのだろうと思っているらしい。

「……よし！　多数決だ！　○だと思うやつは右！　×なら左だ！」

「ヤー！」

「キキュー！」

まあ、全員が左に並ぶよね。俺が知らないことを、うちの子たちが知ってるわけないし。

「よし、決めた！　答えは×だぁぁ！」

『ピンポーン！　正解です！』

「ふー、ひっかけとかなかったか」

やっぱり、第二陣用に簡単な問題ばかりなのだろう。となると、ひっかけとか怖がらずに素直に考えた方が良さそうだ。

少し気が楽になった。この分なら、俺だけでも十分クリアできそうなのだ。

『第二問。北の平原に登場するモンスターは、ワイルドドッグである。○か×か？』

これも簡単だ。何せ、俺はこいつによって死に戻っているからな！

だが、すぐに答えることはしなかった。モンスたちが悩みつつ、左右に分かれようとしているから

だ。どうやら、自分たちも参加していいと思ったらしい。

ということで少し待っていると、アイネだけが×の前に移動し、他の子たちが○の前へと集まっていた。アイネが軽く肩を落としている。どうやら、知らなかったようだ。

同じモンスでも、知識が違うんだな。面白い結果だ。

「○だな」

『ピンポーン！　正解です』

「フマー……」

「ほら、落ち込むなって。お前はまだ第一エリアで戦ったことないし、仕方ないって」

「フマ？」

「今度、一緒にフィールドに行こう。な？」

「フマー」

自分から俺の肩に座りにきたアイネが、後頭部にしがみ付く。それで少しは気分が落ち着くなら、好きにしてくれていいんだが……。

「肩車はいいけど、目隠しはしないように」

「フマ？」

「ほら、手が完全に目を覆ってるから。リアルだったら目つぶしだからな？」

なんてやっているうちに、次の問いが出題された。

『第三問。東の平原の先にあるのは、羽音の森である。○か×か？』

これもチョロイ問題だ。うちの子たちも全員が知ってたらしく、○の前に移動している。

「○！」

「ピンポーン！　正解です」

その後、俺たちは危なげなく正解を積み重ねていった。やはり、初心者向けの問題ばかりだったのだ。この分ならパーフェクトでクリアしちゃうかも？

『第七問．ソルジャーの初期スキルには盾術スキルが含まれる。○か×か？』

「え？　急に難しい問題きたな」

ソルジャーの初期スキルってどうだったかな？　ゲームを始める前にデータ収集をしたが、もう覚えていないのだ。

「盾術……あったかなぁ？」

武器スキルと、修繕スキルはあった気がする。あとはどうだったかね？

「うーん。よし、こういう時こそ力を合わせるんだ！　みんな、どっちが正解だと思う？」

「クックマ！」

「モグモ」

「ヒムー！」

「うむ。綺麗に分かれたな」

なんと、モンスたちは三対三に分かれていた。

「自信がある人！」

「……」

シーンってやつだ。全員が俺から目をそらして、一言も発しなかった。
○×ともに、勘で決めたらしい。
「うーん、みんなも分からないかぁ」
○か×か自分では分からないし、モンスたちも知らないとなると、自分の勘で選ばなくてはならないらしい。
「よし、決めたぞ！　ここまで○が五問、×が一問！　つまり、今回は×の可能性が高いとみた！」

『ブッブー！　不正解です』

「ノォォォ！　運営め！　裏をかいてきたか！」

考えてみりゃ、ソルジャーは一番平均的な戦士職だ。盾スキルは必須だよなぁ。

『第八問。アーチャーの初期スキルに、腕力強化は含まれない。○か×か？』

「また初期スキル問題かよ」

アーチャーも事前に調べたはずだが、詳しくは覚えていない。

基本となる弓術や装塡、木工があったのは覚えているが……。いや、確か一時的に攻撃力が増すタイプのスキルが何かあったはずだ。それが腕力強化？　弦を強く引いて、威力を上げると考えれば、このスキルもあり得る。

それに、これだけ正解が○続きなんだから、そろそろ×がくるだろう。

「×だな」

「ヒム？」

「モグ！」

今回、うちの子たちは○に多く移動している。ヒムカ、クママ、ドリモ、ファウだ。

「すまんなみんな。今回ばかりは多数決ではなく、俺の勘を信じさせてもらうぜ！」

『ブッブー！　不正解です』

「え？」

「クマー……」

「ヤー……」

「は、ははは。そんなジト目で見るなよー。誰だって間違いはあるだろ？」

「モグモ」

「あ、その「仕方ないさ」的慰めもちょっと気まずいんだけど！　すまんかった！　次はみんなの勘を信じるからさ！」

　ということで第九問に挑戦したのだが――。

『ブッブー！　不正解です』

「おまいら……」

「ヒィヒュー」

「下手な口笛でごまかそうとすんなよ！　こいつめ！」

「ギギュー！」

頭の後ろで腕を組んで下手な口笛を吹くリックを捕まえると、操りの刑に処す。リックは身を捩って逃げようとするが、逃がさんぞ！　他の子たちも、止めようとはしない。何せ、全員で×を選んで、不正解だったからね。

次は自分が操りの刑に処されないように、明後日の方を向いて関係ない体を装っている。

「はぁぁ。まさかラストで三連続不正解を叩き出すとは……」

「フマー」

「次不正解だったら、ミニゲーム失敗だぞ？」

やばい、他のミニゲームがどんなものか分からんが、クイズは簡単な方だろう。運次第では誰でも攻略可能なのだ。もし、他が運動神経や戦闘能力の必要な試練だったら？　俺だけ宝玉なしの役立たず野郎になってしまうこともあり得る。

それだけは嫌だ！　もし、今日ログインしたばかりの第二陣のプレイヤーさんたちが宝玉を手に入れていて、俺だけなしだったら……。

「それだけは避けないと！　みんな、次こそは正解するぞ！」

「フマー！」

「キキュー！」

「ヤヤー！」

みんなが気合の入れた表情で、頷いてくれた。全員の心が一つになったことが分かる。

これほどの一体感、ボス戦であってもなかなか味わえないだろう。頭の上に陣取るチビーズの重みも気にならないのだ。

今なら、どんなことだってできる気がした。

「よーし、ラスト問題こーい！」

「モグモ！」

「クマー！」

「ヒムー！」

『第一〇問。テイマーの初期スキルに、料理スキルは含まれない。〇か×か？』

「あれ？」

ここでそうくるの？

「「「……」」」

うちの子たちは、動こうとはしない。死んだような眼で、モニターを見つめていた。

「×」

『ピッポーン！　正解です。全一〇問中、七問正解しました。クリアです』

正解のファンファーレが虚しい。

俺はテイマーだぞ！　簡単とかいうレベルじゃないわ！　俺たちの気合を返せ！

俺たちがなぜか敗北感を味わっていると、舞台の中央に置かれていた宝箱からガチャリという音が聞こえた。鍵が開いたらしい。

「……」

無言で宝箱を開ける。

「ほー、これが宝玉か」

中にはソフトボール大の玉が置かれていた。取り出してみると、七色に輝いて非常に美しい。

お宝を手に入れたと理解したら、急に嬉しくなるんだから俺も現金だ。

ただ、現金なのは俺だけではなかったらしい。

「クマー」

「フマー」

うちの子たちも、俺が手に持つ宝玉を見つめ、目を輝かせている。一発で機嫌が直ったらしい。

誰に似たんだ？　俺か？　モンスターは主に似るとか？　いや、まさかね。俺に似るんなら、もっとダンディでプリティなスーパーモンスターになっていないと。

「フマ？」

「すまん。なんでもない。お前らは最高のモンスたちだよな？」

「フマ！」

やっぱりアイネのイノセントな瞳は、俺の心を浄化する効果があるのかもしれん。

《ユートさんが、宝玉を一つ入手しました。残り一〇個です》

「この調子で、ガンガン行くぞ！」

「ヤー！」

「キキュー！」

なーんて感じで気合を入れて歩き出したんだが、次の宝玉が見つからない。

その間にも、宝玉入手のアナウンスが鳴り響いている。これは、俺の出る幕もなく一二個手に入ってしまうかな？

それでも探索をし続けていると、前方から複数の人影が歩いてくるのが見えた。

一瞬モンスターかと思ったが、ある程度近づけばプレイヤーであると分かる。

「おーい、白銀さーん！」

「スケガワか！」

やってきたのはスケガワだった。こっちに向かって大きく手を振っている。

ただ、スケガワは一人ではない。その後ろに、見たことのないプレイヤーたちが付いてきていた。

「えーっと、その人たちは？」

「途中で合流した、第二陣の子たちだ。俺が白銀さんと知り合いだーって言っても信じないから連れてきた」

「お、お会いできて光栄です！　僕、Ｄ介っていいます！」

「私はＵ子です。よろしくお願いします」

メチャクチャ丁寧にお辞儀をしてくれる二人。

いくら俺が第一陣の先輩だからって、そこまでかしこまらんでも……。

それに、俺のことを知っているような様子だ。

「俺と会ったことないよな？　二陣だし。知ってるのか？」

「そりゃ、白銀さん有名人だもん。知ってる奴は多いだろ？　座敷童ちゃんの動画とか、ウンディーネ発見とか、樹精ちゃん初テイムとか！　偉業がもりだくさんだし」

「偉業って言われてもなぁ」

そこまで凄いことか？　いや、そういえばこいつはエロ鍛冶師だった。可愛い女の子関係のイベントを起こすだけでも十分高評価になるのかもしれない。

「握手してもらっていいですか！」

「あ、握手？　いや、フレンドじゃないから、握手できないけど……」

「ハラスメントブロックの上からでもいいです！」

「だ、だったら構わないが」

フレンドになってほしいと言われたら断ってたけど、この場で握手するくらいなら別にいいか。減るものでもないしな。

俺はD介とU子と、壁一枚隔てた握手？　をする。

その後、彼らは俺のモンスたちとも握手をしていった。

ハラスメントブロック越しなので、互いの手が触れていない奇妙な図だ。

兄と妹と言っていたが、D介は少し子供っぽく、U子は大人びていて年上に見えた。

「本当に、白銀さんと知り合いだったろ？」

「はい。疑ってすみませんでした」

「てっきり、白銀さんの名前を使ったナンパかと思ったので」

「いくら俺でも、男連れの女の子をナンパしたりしねーよ！」

「初対面でエロ鍛冶師なんて言う人、信用できるわけないでしょう？」

「たはー！　U子ちゃんキビシー！」

どう見ても喜んでいる顔で、スケガワがテヘペロする。

女の子と喋れるだけでもいいのか？

「まあ、俺への疑いも晴れたし、とりあえず水臨大樹を目指さないか？」

「全体でまだ宝玉一二個集まってないだろ？」

「でも、他のプレイヤーたちと情報交換した方が効率よくないか？」

確かにスケガワの言うことも一理あるな。他のプレイヤーの地図を照らし合わせて、未探索の場所を探す方が結果的に早いかもしれない。

「分かった、じゃあ移動しよう」

「オッケーオッケー。二人もそれでいいか？」

「はい。僕らもそれで構いません」

D介とU子は多分学生さんだろう。高校生だと思われた。まあ、俺の勝手な所感だが。

俺はソロだから知らなかったが、参加前にパーティを組んでいれば同じフィールドに入れるらしい。

歩きながらスケガワとの出会いを語ってくれた。彼らは、複数のプレイヤーで挑戦可能な戦闘系ミニゲームに挑戦するかどうか、悩んでいる時に出くわしたらしい。

そこでスケガワに手助けしてもらい、その後は一緒に行動することになったようだ。

「で、水臨大樹に向かって歩いてるところで、白銀さんを発見したってわけだ」

「ご一緒できて嬉しいです」

「僕たちと一緒に頑張りましょうね！」

若者たちの純真無垢(むく)な眼差しが眩(まぶ)しいぜ。ちょっとだけ変なイベントを起こしたりしてるだけのトップでもなんでもない俺を、そんなキラキラした眼差しで見ないでくれ！　尊敬されてるかと思って、勘違いしちゃうから！

多分、掲示板なんかでちょっと名前が出ただけの俺を、有名なプレイヤーだと思ってしまっているのだろう。

何とかしてくれという意味を込めて、スケガワをじっと見つめてみる。

サムズアップを返してきた時には、二人の誤解を解いてくれるのかと期待したんだが……。

スケガワは何もしなかった。もう一度見つめても、ニカッと笑うだけだ。

あかん。何も通じていない。

「俺はそんな――」

「あ！　見えてきたぞ！」

スケガワよ……。

「え？　なんで白銀さんにそんなジト目で見られなくちゃならないんだ……？」

「スケガワさんだしな」

「スケガワさんですし」

「えー？　なんでー？」

D介もU子も、短時間でスケガワの扱い方を覚えたらしい。なかなかの逸材じゃないか。

そうして歩いていると、俺はふと思い出したことを尋ねてみた。

「そういえば、クリスはどうなった？」

「……」

「スケガワ？」

「ジークフリードなら知ってるよ？」

あ、こいつ。クリスの世話をジークフリードに押し付けたな？　まあ、俺も人の子とは言えないけど。だが、黙った俺が呆れているとでも思ったのか、スケガワが情けない顔で言い訳をしてくる。

「お、俺だって途中までは一緒にパーティ組んで、手助けしたんだぞ？　レベリングに付き合ったり、新しい従魔のゲット手伝ったりさぁ！」

「へー、ネクロマンサーって仲間だとどんな感じだった？」

「サモナーとテイマーの良いとこどりかな。その分、MP管理難しいし、昼夜で戦闘力が変わったりもするから、慣れるまでは難しそう」

スケガワが軽く説明してくれるが、クリスは相当強くなっているようだ。

実際、すでに生産職であるスケガワよりは強いそうだ。

「へー、それならずっとパーティ組んでたってよかったんじゃないか？」

「……そりゃあ、クリスは意外と強くなったし、性格だって悪くない。いい奴だ。でもな！　でもダ

メなんだよ！　新しい扉開きたくないんだよぉぉぉ！」

結局そこだったか。

俺だって、男だと分かっていても可愛いって思っちゃったからな。

スケガワもヤバい扉が開きかけたことを自覚し、逃げ出したってことらしい。

「スケガワ」

「白銀さん……」

俺たちはガシッと肩を組み、頷き合った。通じ合っているのが分かる。

これは、色々と危険な状態を乗り切った俺たちだけが分かる感情だろう。

D介とU子が呆れてる？　ヤバイ、俺もスケガワと同類認定されたかも！

《ヨロレイさんが、宝玉を一つ入手しました。参加プレイヤーが、総計一二個の宝玉を入手しました。水臨大樹の根元にある祭壇へ安置してください。全員参加が可能な、最後のミニゲームが行われます》

「おお、全部集まったか」

「いいタイミングだな。急ごうぜ！」

スケガワを先頭に、俺たちは小走りで水臨大樹へと向かう。

前を走るクママのお尻がフリフリと振られて、可愛過ぎる。プリティ分過多で悶絶しそうだ。

U子も可愛い物が好きらしく、クママを後ろからジーッと見つめている。

ただ、その目がちょっと怖い。愛でるというよりは、獲物を狙う鷹の目？　クママに「逃げて

――！」って言いたくなったのだ。

対するD介は、フェアリーのファウをガン見していた。チラ見ではなく凝視だ。少しは誤魔化してもいいんじゃないか？　似た者兄妹め。

「お、水臨大樹の根元に何かあるな」

しばらく駆けていると、湖の畔へとたどり着く。まだ距離はあるけど、ここからなら湖の向こうにある水臨大樹の全景を確認することができるのだ。

スケガワの言う通り、水臨大樹の根元に大きな石造りの建造物が出現していた。上半分がないピラミッドって感じかな？

知識のない第二陣のプレイヤーたちでも、一目見れば祭壇だと分かるだろう。

湖を迂回していると、同じように水臨大樹を目指すプレイヤーたちの姿が見えた。

五分後。俺たちは祭壇へとたどり着く。

「うわー」

「綺麗……」

D介たちが水臨大樹を見上げ、感嘆の声を上げている。湖の向こう側から見た時も似たような反応をしていたが、下から見る巨樹には格別の迫力があるのだろう。息を呑んで、頭上を覆う水臨大樹の枝葉を見つめていた。

他のプレイヤーたちの姿もあるが、一陣と二陣はすぐに見分けが付く。D介たちと同じように、口を半開きにして水臨大樹に見入っているのが第二陣プレイヤーたちだろう。

スケガワ以外に見知った顔はいない。大量のプレイヤーをランダムで振り分けているのだろうし、スケガワと同じフィールドだっただけでも奇跡的な確率なのだ。

一陣と思われるのは半数の六人だった。戦力的に偏らないように考えられているのかもしれない。

「おーい。まだ全員来てないみたいだけど、とりあえず自己紹介しないか？　この後、まだミニゲームがあるみたいだしさ！」

俺がどうしようか思案していると、スケガワが大声で他のプレイヤーたちに呼びかけた。

さすがのコミュ力だ。初対面で臆面もなくエロ鍛冶師と名乗れるだけことはある。

他の人たちも、どうすればいいか悩んでいたのだろう。渡りに船とばかりに集まってきた。

ただ、誰もが視線を交わすだけで、口を開こうとはしない。

コミュニケーションがあまり得意ではないプレイヤーが多いのかね？　ああ、第二陣のプレイヤーたちは、第一陣に遠慮しているのかもしれない。

すると、その空気を察したのか、スケガワが口を開いた。いや、初対面がたくさん集まったから自己紹介をしなければと、単純にそう考えただけかもしれないが。

軽く手を上げると、いつもの通りの自己紹介をぶちかます。

「俺は鍛冶師のスケガワ！　エロを愛し、エロを広める、エロ鍛冶師とは俺のことだ！　これでも一陣プレイヤーだぜ？　よろしくな！」

最後にバチンとウィンクまで決めやがった。さすがスケガワ！

呆れと驚きで、場の空気が一気に和んだ。スケガワのその拍子抜けに明るい雰囲気のおかげで、みんながリラックスしたらしい。気楽な感じで自己紹介を始める。

狙ってやっていたら尊敬するんだが……。

「これで、俺の異名は第二陣にも広がっちゃうな！」

ただ自分がやりたいように行動しているだけだろう。

みんなが自己紹介をしている途中で、遅れて到着したプレイヤーたちのために自己紹介をやり直す場面もあったが、全員が無難に名乗りを済ませていく。

やはり、一陣六人、二陣六人という構成だった。

最後は俺の番である。

「テイマーのユートです。こっちは俺のモンスターたち」

俺の言葉に、うちの子たちがそれぞれ手を上げて挨拶する。その可愛い姿に、みんながホッコリした顔をしているな。

「よろしく」

俺たちが軽く頭を下げると、数人から「キャー！」という悲鳴が上がる。

もしかしてモンスターでも出たか？　慌てて周囲を見回すが、敵はいない。

どうやら、ペコリと頭を下げるモンスたちを見て、思わず黄色い悲鳴が漏れてしまったようだ。

協調性のない尖った感じの人がいたら面倒だと思っていたけど、その心配はなさそうである。

何せ、可愛いモンス好きに悪い人はいないからな！

ともかく、これで自己紹介は済んだ。

「あとは、宝玉を祭壇に捧げるだけだな」

俺たちが上った大きな祭壇の中央には、小さな台座のような物が置かれている。そこには一二個の穴が空いており、ここに宝玉を置けということだろう。

俺は取り出した宝玉を穴に嵌めてみた。やはりピッタリだ。

すると、他のプレイヤーたちも次々と宝玉を嵌め込んでいく。そうして最後の宝玉が収められた時、祭壇に異変が起こるのであった。

「なんか、光ってる！」

「え？　なんか壁みたいなのが……！」

祭壇の周りを、青白い光の壁が囲んでいくのが見える。

何が起きているのか分からずに不安げな様子の第二陣プレイヤーたちと違い、第一陣のプレイヤーはあの壁に見覚えがあった。当然、この後何が起きるのかも分かる。

「白銀さん。ボス壁だ！」

スケガワが叫んだ通り、ボス戦の際にフィールドを囲む壁にそっくりだった。どんな攻撃でも破壊できず、ボス戦が終わるまでは消えない特殊オブジェクトである。

「最後は普通に戦闘っぽいな！」

「どうする？」

「いや、なんで俺に聞くんだよ」

俺以外に第一陣プレイヤーが五人もいるんだし、誰かが指揮をとればいいだろ？　少なくとも、一番雑魚だと思われる俺よりはましなはずだ。

だが、なぜかスケガワ以外のプレイヤーたちも、俺を見ている。

「白銀さんだしなぁ。それを差し置いては……」

白銀さんだからってどういうことだよ。理由になってないだろ。

しかし、他の一陣プレイヤーたちはヨロレイというプレイヤーの尻馬に乗って、次々と発言していった。

「うんうん。俺口下手だし」

「エロ鍛冶師よりはましだもんね」

「それにほら、白銀さんが一番最初に宝玉を嵌め込んだわけで」

そんなの関係ないだろ！　だが、彼らは俺にリーダー役を押し付けることに決めたらしい。こんなことなら、宝玉を率先して嵌め込むんじゃなかった！　第二陣のプレイヤーたちも文句がないようで、黙って俺を見つめてくるし！

「あー、もう！　とりあえず一陣の戦士職が前！　次に俺たち後衛！　二陣の人たちは、様子見で一番後ろでいいか？」

「オッケーオッケー。それでいこう！」

スケガワめ！　いい笑み浮かべやがって！　イラッとしたぞ！　だいたい、こいつが最初に俺に指示を仰ごうとしなければ、他のみんなも乗っかったりしなかったのだ！

「ただし、スケガワは一番前な」

「え？　いや、俺生産職――」

「大丈夫だ」

「何が！」

「鍛冶職なら腕力もあるし、ハンマーも使えるだろ？　ある意味前衛ってことじゃん？」

「違うから！　いや、戦えるけどさ！　盾職差し置いて、最前線はないから！」

「いいから行け！　俺にリーダー押し付けたんだから、全面的に従ってもらう！」

「わ、わかったよ！」

「うむ。そこで人柱となるがよい」

「ちくしょー！」

正直、こんなふざけた指示を出せるのも、この後の戦闘に不安を抱えていないからだ。

こう言っちゃなんだが、二陣の人たちも一緒に戦える相手となると、それほど強くはないだろう。

少なくとも、スケガワが何もできずに即死するようなバランスではないと思う。それが分かっているからこそ、スケガワも俺の指示に一応従ってくれたのだ。

マジのボス戦だったら、俺だってスケガワを二列目に置いたさ。

「くるぞ！」

スケガワの後ろにいたヨロレイが叫ぶ。君、その感じならリーダーやれたんじゃない？

まあ、別にいいけどさ……。それに、今はそんなことよりも、ヨロレイの職業の方が気になる。

なんと、ペインターというレア職だった。

生産職の中でも、趣味系の職業は不人気だ。何せ、戦闘力がどこまであるのか分からないし、作ったアイテムが売れるかも分からない。

例えばペインターであれば、絵が売れるかも分からないうえ、描くには画材を買い揃えなくてはならない。序盤はかなりきつい職業だろう。

多くのプレイヤーたちは遠くないうちにセカンドジョブが実装されると睨んでおり、趣味系の職業はその時に選ぶべきだと言われている。

まあ、戦闘、補助、金策。全てで厳しいジョブだからな。テイマーなんて目じゃないくらいの、不遇職といえるだろう。それ故、最初から趣味系職を選んでいるプレイヤーは珍しかった。

俺も、ペインターさんとまともに会話したのは初めてだ。いきなり「塗料の使い方を発見してくれてありがとうございます！」って、握手を求められたことには驚いたね。

俺が時間経過塗料の特殊な使い方を発見したことで、ペインターへの注目が高まったらしい。かつてこれほど持て囃されたことはなく、絵の注文もたくさん入ったそうだ。

そのことで、感謝してくれているらしい。

ペインターのヨロレイがどうやって戦闘するのか？　ワクワクしながら見ていると、おもむろに刷毛を構えた。農具や釣り具で戦闘も可能なのだから、刷毛などでも可能なんだろう。

直後、宝玉を安置していた祭壇が変化していた。

「オオォォォォ！」

「ゴーレムか！　派手だな！」

「ヤヤー！」

「フマー！」

ファウとアイネは、サッと俺の後ろに回った。相手の姿を見てビビッたのだろう。バフ役と回復役が死に戻ったら困るので、それでいいんだけどね……。

それに、確かにその見た目はかなり迫力があった。

全高五メートルはありそうな、石人形なのだ。腕は太く、あれで殴られたらかなり痛そうだった。

顔や手、胸に宝玉が埋め込まれ、光を放っている。それだけのことで、より強そうに見えるから不思議だった。

「見た目は相当強そうだけど……。まずは遠距離攻撃で先制攻撃だ！」

「「はい！」」

俺の言葉に、みんなが動き始めた。それぞれが呪文を詠唱したり、矢を番えたりしている。

面白いのがヨロレイだ。彼が刷毛を一振りすると、シャボン玉のようなものが生み出され、ゴーレムへと向かっていく。

しかも、そのシャボン玉が、妙に絵画チックな見た目なのだ。ゴッホ調のタッチのシャボン玉が、絵の中から抜け出してきたかのようだった。

油絵の具で描かれたシャボン玉がゴーレムに接触すると、軽く弾ける。すると、衝撃波のようなものが生み出され、ゴーレムにダメージを与えるのが見えた。

面白い！　それに、意外と強いな。あれ？　俺よりも強いんじゃ……。趣味系生産職って、戦闘力はかなり低いって聞いてたんだけどな……。

いや、他のプレイヤーたちの攻撃の方が強い。確かに、ペインターは戦闘向きではないんだろう。ただ、俺がそれよりもさらに弱いってだけで。

「……み、みんな、頑張ってくれ！」

「モグモ！」

「キキュー！」

ドリモとリックの遠距離攻撃がゴーレムに直撃し、それなりのダメージを与える。

そうだ。俺はテイマーなんだ。モンスたちの力を借りてこそ、テイマーだよな！　だから、俺がちょっとくらい弱くても構わないよな？

「クママ！　さらに攻撃だ！」

「クックマー！」

遠距離攻撃が終わった頃合いを見計らい、俺はクママに攻撃の指示を出した。

ここからは接近戦じゃー！　前衛の人たちがね！

「どりゃあああ！」

スケガワも頑張っている。やはり、攻撃力はかなり高かった。自作の高品質武器のおかげである。あれで、攻撃を成功させるたびにチラチラと女性プレイヤーの方を見なければ格好いいのに。

「戦闘中にアピールしたって、不真面目な奴って思われるだけなのにな」

「ヒム」

ヒムカでさえ呆れるほどだから、他のプレイヤーたちも当然呆れ顔だ。

だが裏を返せば、スケガワにジト目を送れる程度には余裕があるということだった。

ゴーレムの攻撃は大した威力がなく、動きも遅い。俺でさえ、回避する余裕があるのだ。前衛のプレイヤーたちからすれば温い相手だろう。

ヘイト管理も簡単で、後衛のプレイヤーたちは安全に攻撃ができる。

このまま楽勝かな？　そう思ったんだが――。

「ゴーレムに変化が！　やべ！」

スケガワがゴーレムの攻撃をくらい、吹き飛ばされた。結構なダメージである。

明らかに今まで以上の攻撃力があった。ＨＰ残り三割で、強化モードに突入したようだ。

いくら二陣用のボスとはいえ、あっさり負けるほど簡単ではなかったらしい。

それどころか、さっきの攻撃力……。こいつメッチャ強いかもしれん！

急激な強化にプレイヤーたちが戸惑っていると、ゴーレムはさらに連続でその拳を繰り出す。やっぱり、今までとは違うぞ！

「ゴオオォォォ！」

「クマー！」

「クママ！　大丈夫か！」

「クマ……！」

クママが攻撃されて焦ったが、ダメージはさほどでもなかったらしい。スケガワと比べて、ＨＰが半分くらいしか減っていない。だが、おかしくないか？

クママの防御力がスケガワよりも高いわけもないし……。死に戻りはせずとも、瀕死になるくらいは覚悟していたのだ。

その後、さらに驚きの事態が訪れる。

「こ、攻撃が効かない！」

「魔術もよ！」

なんと、こちらの攻撃がダメージを与えられなくなってしまったのだ。時折通る攻撃はあるんだが、ほとんどはノーダメージで終わってしまう。攻撃を防がれているというよりは、当たったのに効いていない感じだ。

そのまま戦っていると、ゴーレムが初見の突進攻撃を仕掛けてきた。

腰を落とし、長い両腕を目一杯広げて迫ってくる。俺たちはその攻撃範囲から退避できたんだが、二陣のプレイヤーが二人、逃げ遅れてしまっていた。

迫力のある姿に緊張してしまい、どこに逃げるかまごついている間に転んでしまったらしい。もう一人は、そのプレイヤーを助けようとして、ハラスメントブロックのせいで触れることができずに困っている。初心者がやりがちなミスであろう。

このままだと二人ともやられてしまうが、俺が飛び込んだところで、二人を救うことはできない。

「ゴーレムに攻撃しろ！　動作を解除できるかもしれない！」

俺の指示で、みんなが出の早い遠距離攻撃を放ったが、ゴーレムの動作をキャンセルすることはで

きなかった。

このゴーレム、急に強くなり過ぎじゃね？　まじで新人さんが……！

みんなが歯噛みしながら見つめていると、ゴーレムと新人さんたちの間に二つの影が飛び込んでいた。

「ヒムー！」

「どりゃああ！」

ヒムカとスケガワだ。受け止めて、新人さんたちが逃げる時間を稼ごうというらしい。

しかし、ゴーレムの突進力は俺たちの予想をはるかに超えていた。なんと、一瞬すら止めることができなかったのだ。

「なんでだー！」

「ヒームー！」

スケガワとヒムカを轢いたゴーレムが、そのまま後衛へと迫っていった。

吹き飛ばされたヒムカもスケガワも、大ダメージを食らっている。この突進を新人さんたちが食らったら、ひとたまりもないぞ！

「うわぁぁ！」

「ぎゃぁぁ！」

やばい、新人さんたちがー！

第一陣の誰もが絶望的な表情を浮かべたのだが、恐れていた最悪の事態が訪れることはなかった。

ゴーレムの腕が直撃したはずなのに、新人さんたちの体力は半分も減っていなかったのだ。

「え？　なんか、全然ダメージないんだけど」

「本当に痛くないんだ！」

二人とも驚いている。俺たちだって驚いている。

その後、ゴーレムと戦う内にようやく分かってきた。

どうやら、レベルが高ければ高いほど、ゴーレムからのダメージを食らうようになってるらしい。

半面、レベルが高いほど、与えられるダメージは減る。つまり、まだレベルが1である第二陣であれば、有利に戦えるというわけだ。

しかも、ボス戦のギミックはそれだけではなかった。途中で、小さいゴーレムが出現し始めたのだ。

サイズはオルトくらいだろうか？　こいつらには、一陣の攻撃が通用した。ただ、このミニゴーレムたちが出現したせいで、二陣のプレイヤーたちがゴーレムに集中できなくなってしまう。

お邪魔目的の嫌がらせモンスターであるらしい。どうやら、第一陣と第二陣が協力し合わねば攻略できないようになっているようだった。

「俺たち一陣でミニゴーレムを排除！　二陣の人たちはボスに集中してくれ！」

「回復は俺たちに任せてくれよな！」

スケガワが女の子たちに向かって、清清(すがすが)しいまでの笑顔でそう宣言する。

まあ、いいけどさ。男性諸君は俺が回復してあげるさ。本当はルフレに回復してもらいたいんだろうけど、いないから仕方がない。

結局、その後は危なげなく戦闘を進め、俺たちはボスを撃破したのであった。

攻略法が分かってからは、簡単だったのだ。ラストは、D介とU子が連続攻撃を仕掛けて、HPを削り切っていた。

他のゲームで戦闘慣れしているのか、二人ともかなりいい動きをしていたのだ。すぐに俺なんか追い抜いていくだろう。いずれ有名プレイヤーになった時に、仲良くしてくれたら嬉しいね。

ゴーレムがポリゴンとなって砕け散ると、すぐにアナウンスが聞こえてきた。

《ミニイベント攻略おめでとうございます》

ボス撃破で、ミニイベント攻略扱いだったようだ。

《報酬として、ポーション詰め合わせと、一〇〇〇G、ボーナスポイント1点を進呈いたします。今後も冒険を頑張ってください。三〇秒後、始まりの町へと帰還いたします》

ポーションとお金はどうでもいいけど、ボーナスポイントは嬉しい。第一陣のプレイヤーにも、多少の旨(うま)みがあるように設定されているのだろう。

「ヒムカ、途中で新人さんたちを守ろうとして偉かったな」

「ヒム！」

「フマー！」

「はいはい、アイネも囮役をよくやったよ」

「キュー！」

「リックもな！　ああ、クママも見てたから、そんな抱き着く準備しなくていいって！」

「クマ」

ヤバイ、モンスたちから揉みくちゃだ！　他のプレイヤーたちの生暖かい目が！　第一陣プレイヤーとしての威厳が！

そうこうしている内に、俺たちの体が光に包まれる。

「白銀さん！　またな！」

「お、おう。助かったよスケガワ」

「白銀さん！　どっかでまた会ったら、よろしくお願いします！」

「ありがとうございました」

スケガワが軽い感じで手をヒラヒラさせ、D介とU子が深々と頭を下げた状態で、俺たちは元のフィールドに戻されていた。

光が収まると、そこはもう始まりの町の中央広場だ。周囲は人混みと喧騒に満ち、ミニイベント用の特殊フィールドでないことは一目瞭然だった。

「戻ってきたか」

「フムー」

たった一時間くらいのことだったのに、随分長く感じた。それくらい、濃い内容だったということなんだろう。

「さて、ちょっと疲れたけど、今日の目標はまだ達成してないからな。移動するぞー」

「クマ」

「モグ」

俺はそのままモンスたちを引き連れ、転移門へと向かった。目指すのは第三エリアである。しばらくこの近辺は新規プレイヤーでごった返すだろうし、比較的人の少ないエリアでレベル上げをしようと思うのだ。

あと、そろそろ冒険者ギルドのランクもアップさせたいし、第五エリアにも向かいたい。最低でも、今日の目標は冒険者ギルドのラックアップだ。

「さすがに、第二陣プレイヤーにあっさり追い抜かれたら凹むからな」

今回のミニイベントでＤ介たちの動きを見て、ちょっと焦りが芽生えた。のんびりしていたら、本当にすぐに追いつかれるだろう。

あとは、第二陣ログイン記念で、大規模イベントがあるらしい。今回のような小規模なオリエンテーションではなく、かなりの大規模イベントになるらしい。

開催日はゲーム内で八日後。二月五日である。戦闘職も生産職もモンスも楽しめる大イベントだそうだ。何があるか分からないが、レベルを上げておいて損はないだろう。

それにしても、妙に周りのプレイヤーから視線が集まっている気がするが……。

いや、それも当然か。新人の中に、俺のような明らかに歴戦のプレイヤー（自称）が交ざり込んでしまっている。目立つのは当然だった。

「早く転移しちゃおう。東の町に転移！」

「――あれが白銀さん――」

「――すげー、本物――」

「――ふん。俺だって――」

「――すぐに抜かして――」

転移の効果音でよく聞こえなかったけど、俺の噂してた？　いやいや、新規のプレイヤー全員が俺のこと知ってるわけないもんな。D介たちの場合、事前に細かいところまで調べていたからこそ、俺なんかのことを知っていたのだ。

まあ、モンスをたくさん連れていて目立ったから「誰だ？」的なことを言われたのかもしれない。

そそくさと東の町に転移した俺は、冒険者ギルドでいくつか依頼を確認してみた。

ここから第四エリアに向かうためには、火獣の巣というフィールドダンジョンを通り抜ける必要がある。この火獣の巣での採取や討伐依頼が多いようだった。

「適正レベルには達しているし、とりあえず向かってみるか」

フィールドの情報自体はすでに多くが出回っており、攻略は難しくない。

モンスターは入れ替えていない。意外と悪くない構成だったのだ。

火に弱いサクラはお留守番で、ヒムカに壁役を頼む。出現する敵には物理が効きやすいということで、クママ、ドリモに頑張ってもらう。リック、アイネは採取メインだ。水が弱点の敵が少し出るが、その場合は俺が対処すればいい。

「主な目的は冒険者ギルドのランクアップ。次に、ドリモ、ヒムカ、アイネのレベル上げだ。みんな、頑張るぞ！」

「モグモ！」

「ヒム！」

「フマー！」

まずは全ての第四エリアに行けるようにして、次に第五エリアの攻略だ。このまま一気に攻略範囲を広げてやるぜ！

第四章　第五エリアの色々

今日はゲーム内で二月一日。

第二陣がゲームを開始してからすでに四日経過している。

俺たちは畑で出発準備を整えていた。

「さて、今日こそは第四エリアを攻略してみせる！　頑張るぞ！」

「ムッムー！」

「ああ、すまん。オルトは今日は留守番な？」

「ム？　ムー？」

「え？　僕っすか？　みたいなノリをしてもだめ。昨日、酷い目にあったの忘れたのか？」

「ムー……」

第三エリアである南の町の先には、フィールドダンジョン『地下水路』が存在している。これは他の第三エリアも同じ造りで、町の先にそれぞれダンジョンが設置されていた。このダンジョンを攻略すると、第四エリアのフィールドに挑戦できる。

俺たちが目指すのは、地下水路の先にある、第四エリア『黄樹の谷底』だ。

そこは、伐採してもアイテムにならない、黄樹という木が縦横無尽に繁茂した、植物の迷路とも言えるフィールドだった。

地下水路はすでに攻略済みである。後はこのフィールドを突破すれば、第五エリアの町へとたどり着けるのだ。

俺たちはすでにここのエリアボスに一度挑み、見事死に戻っていた。

エリアボスの名前はガルーダ。神話に登場する巨鳥の名前が示す通り、凄まじく大きな鳥のモンスターである。

まず飛んでいることも厄介だが、それ以上にガルーダの羽がおこす風圧が恐ろしかった。なんと、風を浴びている間はこちらの敏捷が大幅低下するうえ、継続ダメージが発生するのだ。

風属性の攻撃であるため、オルトが大ダメージを受けてしまう。しかも、他の攻撃でもオルトが封じられることが多く、戦力にならない状態だった。

空を飛び、後衛狙いの風属性。考え得る限り、最もオルトと相性が悪かった。正直言って、こいつは第四エリアのフィールドボスの中では最も強いだろう。

しかし俺たちはどうしてもこの先にある、第五エリアに向かわねばならないのだ。いや、正確には第五エリアの町を抜けた先、エリアの後半部分を占める『地底湖』に用がある。

蛍光塗料の元となるヒカリ茸をゲットするためだ。まあ、蛍光塗料が絶対に必要なわけじゃないんだが、作り方を聞いた以上はぜひ作製してみたかった。

「……それに、あの蟹(かに)が最高に美味しかったんだよな」

先日、再会したアミミンさんがいくつかの蟹料理をごちそうしてくれたのだが、その蟹が地底湖で取れるらしい。さすがトップテイマー。貧弱な俺と違って、前線で戦っているようだ。

「あんな美味い蟹、リアルでもなかなか食えん。だが、ゲームの中なら食べ放題！」

蟹好き男子として、何をおいても地底湖に行かなくてはならなかった。

あとはホームの畑のランクアップも重要な目的の一つだ。

町やホームにある畑は、それぞれランクが違っている。ランクの違いによって、作物の生育速度や、品質上限が変わってくるのだ。

そして、畑のランクは、プレイヤーの最高到達地点の町と同じランクになる仕様であるらしい。第五エリアに行けば、他の町の畑もそこと同じランクの畑に変化するのだ。

日本家屋の庭にはすでに畑を追加して、オルトたちによる耕作が進んでいる。その畑のためにもランクアップは必要だった。

「とりあえず、ガルーダ対策に蜘蛛糸をまた大量にゲットしないといけないから、先に蜘蛛狩りだけどな」

「――――！」

「ああ、サクラ頼む」

黄樹の谷底に出現するイエロースパイダー。こいつの糸からは、蜘蛛糸玉というアイテムが作れる。これをガルーダにぶつけると、一定確率で飛行を阻害して地面に引きずり下ろすことができるのだ。

それが基本戦術なのだが、俺たちは昨日のガルーダ戦で手持ちの蜘蛛糸玉を使い切っていた。それでも勝てなかったわけだが、一度戦ったことで次は行けるという確信があるのだ。

肝心のイエロースパイダーは麻痺毒を持っているが、状態異常耐性のあるサクラと、麻痺耐性装備のリックがいれば楽に狩ることができた。こいつら、戦闘力そのものは大したことがないのである。第四エリアの敵を大したことがないと言えるなんて……。俺も強くなったものだ。まあ、第四エリアに出現する敵の中でもイエロースパイダーは最弱なんだけどね。

「よし！　蜘蛛糸ゲットだ！　早速、蜘蛛糸玉を作っちゃおうかな」

ここ数日で、俺たちのレベルは全体的に上がっている。やはり第三、四エリアを主戦場にしているのがいいのだろう。

あとは、第二陣ログイン記念の課金アイテムだ。これらの経験値アップチケットや、スキル熟練度倍化ドリンクなどを最大限利用して、レベリングをした効果も出ている。

錬金のレベルもかなり上がり、現地で必要アイテムを作り出すなんていう、まるで攻略組みたいなことまでやっちゃっているのだ！

ああ、実験や生産も忘れてないよ？　ここ数日で刻印を一〇〇回以上は行ったと思う。ほとんど失敗だったけど。発酵樽の劣化速度上昇は、やはり樽の劣化が早まる効果でした……。

ま、まあ、他にも色々と発見もあったし、有意義な数日間だったと言えよう。あ、クママの養蜂箱はすでに追加発注しておきました。すまん、クママ。好奇心に抗えなかったんだ……。

風霊の試練で手に入れた防風草を元に、高品質の耐風ポーションも用意した。

「蜘蛛糸玉も補充したし、次こそはガルーダをぶっ倒すぞ！」

「フマー！」

「ヤー！」

「うんうん。やる気だね。今回はお前ら飛行部隊が頼りだからな！」

普通のパーティは、蜘蛛糸玉を低空に下りてきたガルーダに向かって投げつけるか、矢などで撃ち出すらしい。

だが、飛行が可能な場合は話が変わってくる。近くまで行って、投げつければいいのだ。

勿論、攻撃を食らう可能性があるが、ガルーダを落とせる可能性は数倍に跳ね上がると言われていた。アミミンさんが勝利した時の動画を見たが、全て飛行可能なモンスで揃え、ほぼ何もさせずに完勝していた。

「まあ、その前に門番だが。ドリモの出番だぞ？」

「モグ！」

門番というのは、ボス部屋の前に陣取る大型モンスターのことだ。ボスを倒してフィールド攻略者になるまでは、毎回戦闘をせねばならない迷惑なやつだった。

ガルーダの門番はストーンマン。まあ、体長五メートルほどのゴーレムの一種だ。

ただ、弱点が解明されており、戦い方もしっかりと構築されている。因みに、樹属性、土属性が弱点だった。しかも、体の何ヶ所かにある採掘ポイントで採掘を行うと、大ダメージを与えられると分かっている。

つまり、土属性のツルハシを持つドリモが、ストーンマンの天敵なのであった。採掘ポイントは毎回変化するが、ドリモが五ヶ所を採掘するだけで、倒すことができてしまう。

普通のパーティならもう少し手間取るらしい。そもそも、動くストーンマン相手に採掘するのはそこそこ難しい。だが、樹魔術持ちが俺とサクラの二人もいるうちのパーティにとって、ストーンマンの動きを阻害するのは簡単だった。

結果、俺たちにとっては良いカモなのである。

「モグモ！」

「お？　やる気だな？」

「モグモモー！」

「ど、どうした？　随分――おお、レベルアップしたのか！」

ストーンマンに挑む直前の戦闘で、ドリモのレベルがアップしていた。

ドリモのレベルは２４。これで２５だが……。

「やっぱり進化来てる！」

まさかここで進化できるとは思わなかった。やはり第四エリアは経験値効率がいいんだな！

「どんな感じだ？」

「モグ？」

ウィンドウで確認すると、ドリモの進化先は二種類あった。

「ドリモール・ソルジャーに、ドリモール・ディガーか」

ソルジャーの場合は貫通撃というスキルを身に付け、掘削と重棒術、土魔術が上級に変化するらしい。

ディガーは鉱石探知というスキルをゲットし、採掘と重棒術、土魔術が上級に変化という形だった。どうやら発掘特化になるらしい。

「まあ、ドリモは貴重な戦闘要員だし、ここはソルジャーにしておこう」

「モグモー！」

「い、勇ましい！　クールなドリモには珍しい！」

名前：ドリモ　種族：ドリモール・ソルジャー　基礎Ｌｖ２５
契約者：ユート
ＨＰ：１０１／１０１　ＭＰ：７３／７３
腕力２４　体力２３　敏捷１２
器用１９　知力１４　精神１６
スキル：追い風、風耐性、強撃、掘削・上級、採掘、重棒術・上級、土魔術・上級、夜目、竜血覚醒・幼竜、宝石発見（２０）、貫通撃
装備：土竜兵のツルハシ、土竜兵の作業着、土竜兵のヘルメット、土竜兵の黒メガネ
竜血覚醒時、腕力＋４０残り全ステータス＋１５

「お、おお！　大分変わったな！」

「モグ」

まずサイズは変わっていない。ただ、毛の色が茶色から、やや赤みが強い赤茶色に変化していた。赤茶のモグラである。あとモフ度が少し増したかね？　それだけでもかなり見た目が違う。

作業着も、青いオーバーオールから、より深い紺色のオーバーオールになって渋さが増している。ツルハシは一回り大きくなり、持ち手まで金属製になった。

ヘルメットやサングラスに変化はないかな？　しかし、毛や服の色が変わることで、印象は大分違っていた。全体的に、より攻撃的な雰囲気になった印象である。さすがソルジャーだ。

「あとは……竜血覚醒が変化したな」

幼竜？　おお、覚醒時のステータス上昇率が上がったじゃないか！　まさか進化するごとに強力になる？　これは楽しみだ！

「ドリモ。門番戦、頼りにしてるからな？」

「モグ！」

そして、ドリモの進化から二〇分後。

「グルアアアァァ……」

「はい撃破～」

俺たちは門番であるストーンマンをあっさりと倒していた。

奥の手である自爆も使わせない完勝だ。俺とサクラが交互に樹魔術を使い続け、その行動を阻害。その間に、ドリモのワクワク採掘ツアーの開催である。

「お、風鉱石ゲット～。これが一番入手困難だからラッキー」

「あー、大理石か～。うちだと使い道がないから、売るしかないんだよな」

「鉄鉱石ね。ハズレだ」

なんて、戦闘中にインベントリを確認する余裕があるほどだった。

「ルフレのおかげでノーダメージで勝てたよ。ありがとうな」

「フム！」

範囲攻撃で受けたダメージも、ルフレによって瞬時に回復だ。ボス戦の前に傷薬を使う必要さえなかった。俺とサクラ、ルフレがマナポーションを飲めば、それでガルーダに挑めるだろう。

「ドリモはかなり強くなったな。貫通撃、やばくね？」

貫通撃は、強撃ほどの威力はないものの、ダメージ計算時に相手の防御力にマイナス補正が入るという技だった。硬い相手でも確実にダメージを与えられる良スキルだろう。

今回のストーンマンのような相手には、最適と言える。しかも、強撃と違って命中率が高いのがいい。追い風と組み合わせれば、大ダメージを狙えるのだ。

なんと、そこそこ防御力があるはずのストーンマンを、三発で沈めてしまったのである。採掘ポイントを残してしまって、ちょっともったいなかったかなーとか思ってしまったほどだ。

「モグ」

「どうしたドリモ。ヒムカに何か――」

「ヒームーー！」

「お？　もしかしてレベルアップか？　しかもヒムカも進化じゃねーか！」

幸先がいいぞ。ガルーダ戦の前に、ドリモに続いてヒムカまで進化するとは！　高好感度進化ルート解放の目安である従魔の心は貰えていないが、構わない。どうせユニーク進化先を選ぶのだ。

一応、情報は確認するけどね。

「正当進化のサラマンダー・クラフトマン、特殊進化のヒトカゲ、ユニーク進化のサラマンダー・チーフね」

サラマンダー・クラフトマンは、槌術(ついじゅつ)、火魔術が特化に変わり、ガラス細工が上級に変化するようだ。さらにスキルを二つ選べる。鍛冶や錬金、精製など、火に関する生産特化であった。

ヒトカゲは槌術、火魔術、製錬が上級になり、鍛冶・刀剣特化、研ぎ師というスキルを得ることができるらしい。もしかして、刀鍛冶的なことか？　か、かっこいい……。俺が戦士職だったら絶対にヒトカゲを選ぶのにな！　あと、火魔術が特化ではなく上級ということは、攻撃にも使用できるかもしれなかった。

最後はユニークであるサラマンダー・チーフだ。やはり凄い。ステータス上昇率が最も高いだけではなく、スキルもバランスがいい。ガラス細工、製錬が上級になり、火魔術は特化。追加スキルには逆襲者となっている。さらに一つ、こちらでスキルを選択可能だな。

ヒトカゲも悪くないんだが……。

「やっぱユニークのチーフだろう」

「ヒム！」

名前：ヒムカ　種族：サラマンダー・チーフ　基礎Ｌｖ２５
契約者：ユート
ＨＰ：７３／７３　ＭＰ：６９／６９
腕力２３　体力１９　敏捷１１
器用２０　知力１５　精神１４
スキル：ガラス細工・上級、金属細工、製錬・上級、槌術、陶磁器作製、火魔術・特化、炎熱耐性、食器作製、火精陣（２０）、逆襲者、鍛冶
装備：火精霊の槌、火精霊の服、火精霊の大仕事袋

スキルには鍛冶を追加しておいた。うちだとどこまで役に立つかは分からないけど、持っておいて損はないと思うのだ。逆襲者のスキルは、思ったよりも攻撃的だった。

発動中は挑発効果があり、相手のヘイトを集めやすい。そして、攻撃してきた相手に対して拳や魔力の衣でカウンター攻撃を行うという能力であった。

生産特化の精霊たちには珍しく、ダメージを与えることが可能な能力だ。

「まあ、それよりも何よりも、外見の変わりようが凄いんだが」

「ヒム！」

「デカくなったたな」

まず重要なことは、身長が一〇センチ以上伸びて、一五〇センチ近くになったことだろう。次の進

化で完全に抜かれるかもしれん。

赤い髪の毛のツンツン度合いがさらにアップだ。黒いバンダナのような物を額に巻き、可愛い少年から、ちょっとヤンチャな少年にチェンジしたらしい。

衣服の形もちょっと変わった。体にぴったりフィットした黒いインナーの上に、丈の短い小さめの赤いジャケット。下もカーゴパンツのようなダボッとしたズボンに変わっている。ズボンは基本が黒地なのだが、炎のトライバル模様がデザインされていた。

仕事袋のサイズは見た目こそ変わっていないが、名前が大仕事袋となっているからには、内容量が増えたのだろう。

「ヒムカ。進化していきなりボス戦だけど、大丈夫か?」

「ヒム!」

進化して見た目はヤンチャになっても、性格は変わっていないな。二カッと笑い、両腕をブンブン振り回してやる気をアピールしてくる。

「じゃあ、ファウとアイネには蜘蛛糸玉を渡しておくな」

「ヤー!」

「フマ!」

飛行部隊が蜘蛛糸玉を抱えながら、敬礼を返そうとしてくれる。キリッとしたいい顔だ。でも二人とも小さいから、蜘蛛糸玉をボロボロと落としているな。ほら、敬礼はいいから、ちゃんと持ちなさい。

その程度の衝撃で暴発することがないと分かっていても、心臓に悪いのである。

「サクラ、ヒムカはガルーダが落ちてくるまでは防御に専念。ただ、ヒムカは逆襲者を使ってもいい。サクラは相手が落ちてきたら、まずはブランチバインドだ。動きを阻害する」

「――――！」

「ヒム！」

「ドリモは俺のそばで待機。そして、ガルーダが落ちてきたら竜血覚醒から、とにかく削り続けろ」

「モグ！」

ドリモもオルトと一緒で風属性に弱い。竜血覚醒を使い終わったら、即座にクママと入れ替える作戦だった。風耐性はあるけど、弱点が完全に克服されるわけではないからね。大弱点が小弱点になる感じ？　普段はそれでいいんだが、風属性攻撃オンリーのボス戦ではやはりきついのだ。

赤茶色の毛になっても、ニヒルさは変わらない。フッと微笑んで、サムズアップしてくれた。

「ルフレは前に出るなよ？　回復役のお前がいなくなったら、敗北と思え？」

「フムム！」

おお、いつもは落ち着きのないルフレが真剣な表情だ！　昨日の敗北で、ガルーダが強敵であると認識したのだろう。まあ、明日になれば忘れているだろうが。この子、清楚系の外見に反して、中身は意外と能天気だからね。

「鳥野郎を今日こそぶっ倒す！」

「フムー！」

最後に気合を入れると、俺たちがガルーダの待ち受けるボスエリアへと足を踏み入れるのであった。

中に入ると、すでに宙を飛んでいる巨大な鳥が、こちらを鋭い目で睨んでくる。

俺とガルーダの目線がぶつかり合い、フィールドの周囲を青いボス壁が囲み始めていた。ボス戦開始の合図である。

「キュオオォォオォ！」

「よし、いくぞ！」

そして、ガールダ戦が始まってから三分後。

「キュオオオオ？」

「よっしゃ！　きたきた！　やっぱり飛行からの蜘蛛糸玉は落下確率が高い！」

多少のダメージを食らいながらも、アイネたちがミッションを成功させていた。

翼に蜘蛛の糸が絡まったガルーダが、天空から落ちてくる。落下ダメージも入るし、やっぱりこの方法がベストだな！

「――――！」

「よし、ブランチバインドも成功！　ドリモ、突貫だ！」

「モグモーッ！」

事前の作戦通り、サクラの生み出した蔦（つた）がガルーダに絡みつき、その動きを封じていた。そこに、攻撃を仕掛けるべく、竜血覚醒を使用したドリモの姿が変化していく。

「え？　ドリモ？」

「モグッ！」

竜血覚醒スキルがパワーアップした効果だろう。なんと、ドラゴンモードになったドリモの姿が今までとかなり違っていた。

今までは、竜のような翼の生えたトリケラトプスといった姿であった。

だが、今はもっと竜っぽい。後ろ足が発達したことで、四足歩行から二足歩行になり、前足が自由に動くようになった。しかも、大きさは今までの倍ほどはある。軽自動車くらいのサイズはあるだろう。

顔も、より鼻の部分が前に伸びて牙が大きくなったことで、トリケラトプスよりもラプトルなどに近くなっている。前に飛び出す額の二本角はより太く、長くなったな。反りも少し入ったか？

また、翼が大きくなったことで、その羽ばたきを利用して加速できるようになったらしい。追い風と合わせたことで、まるで低空を飛んでいるかのような凄まじい速度を実現していた。

ドリモが高速突進からの体当たりを決行する。

「モグモー！」

「キュオオオオン！」

その角が、黄緑色の巨鳥の翼を抉っていた。激しいダメージエフェクトが舞い、ガルーダの悲鳴が響き渡る。

いいぞドリモ！　かなりのダメージが入った！

さすがパワーアップしたドラゴンモード。多分、いきなり一割以上削っただろう。

しかも位置取りが最高だ。このあと、クママに入れ替わった後のことも考え、クママが攻撃しやすい場所を選んでくれたのだろう。ドリモさん、まじ頼りになるぅ！

「よし、行くぞ！　送還、ドリモ！　召喚、クママ！」

「クママー！」

「クママ、そのまま目の前の鳥を攻撃だ！」

「クックマ！」

クママはモンスの中でも特に人懐っこい性格である。他のプレイヤーたちに撫でまわされるのもむしろウェルカムなほどだ。しかしながら、うちの中では一番好戦的でもある。こういった場合、呼び出してもすぐに攻撃に移れるのは頼もしかった。

クママの爪の先が毒々しい紫色に染まる。クママはレベル３０で毒爪というスキルを覚えていた。まあ、ボスに効果があるかは分からないが、入ればラッキーくらいだな。

「このままいくぞ！」

「クマ！」

「フム！」

そして、ガルーダ戦を開始して二〇分。

激しい戦いの末、俺たちはガルーダのＨＰを残り一割まで減らすことに成功していた。

「キュオオオオ！」

「だぁぁ！　あぶねー！」

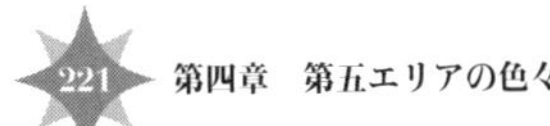

ただし、ここからが真の戦いとも言える。奴の行動パターンが変化し、後衛へのヒット&アウェイを繰り返すようになるのだ。

「やべー、速過ぎて攻撃が当たらん！」

「フマー……」

「ヤー……」

「飛行部隊もか」

速いとは聞いていたんだが、ここまでとは思っていなかった。飛行可能なファウたちがいれば、蜘蛛糸玉を当てられると思っていたんだが……。

空中での隙となるはずのホバリング時間が、異様に短い。それでいて攻撃中は風を纏っているので、蜘蛛糸が吹き飛ばされてしまうのだ。

「クマー……」

「フムー……」

ルフレのMPがもう残り少ない。ボロボロのクママを、回復するか入れ替えるかどちらかだ。ただ、リックはガルーダ相手にどうだ？

「いや、クママはもう限界。ここはリックだ！　送還クママ！　召喚リック！」

「キキュー！」

「リック、オール木実フリー！　好きなだけ投げまくれ！」

「キュ！」

「ファウ、もう蜘蛛糸玉じゃなくていい！　歌で援護！」

「ヤー！」

「アイネは防風に専念！」

「フマー！」

防風とは、アイネが20レベルで覚えた新スキルである。その名の通り、パーティメンバーに対する風の影響を弱める効果があった。

後はもう俺が魔術で決めるしかない！

「仕方ない！　もう途中でMP切れする覚悟だ！」

俺が使うのはスキルレベル35で覚えた新水呪文、アクアショックである。なんと、ついに範囲呪文を覚えたのだ。

普通のRPGと違って、撃ったら自動で敵全体にダメージを与えるような便利な呪文ではないが、直径五メートルのドームくらいの範囲をカバーできていた。当然、空中にも放つことができる。

今度突っ込んできたタイミングで、この術を当ててやるつもりだった。消費はアクアボールの三倍ほどで、威力は八割くらいだろうか。

敵単体に使うには勿体ないが、当てやすいというメリットもある。

「MP回復手段は使い果たしたからな……。残りのMPで奴を削りきれるか？」

そして、俺の心配は的中する。

もう少しというところで、俺のMPが枯渇したのだ。

「リック！」

「キュー！」

リックも頑張っているが、やはり風の守りで木実が逸らされてしまい、思うようにダメージが入らないらしい。

そう思っていたら、ガルーダの上に差す影があった。

「フマー！」

アイネだった。なんと、そのまま突っ込んでいく。そして、ガルーダの纏う風の守りに弾き飛ばされることなく、アイネはガルーダに体当たりを成功させていた。

防風スキルで、風の守りを弱めたのだろう。

「フマフマー！」

「キュオオオ？」

至近距離で蜘蛛糸玉を食らったガルーダがバランスを崩し、落下を始める。

ただ、アイネも無事では済んでいない。風の守りのダメージをもろに食らい、瀕死だったのだ。

俺はフラフラ＆髪の毛ボサボサで戻ってきたアイネを抱き留め、褒める。

「よくやった！」

「フマ……♪」

アイネの頑張りのおかげで、ガルーダがついに地上に落下した。チャンスである。

しかし、ガルーダが地面の上でも諦めない。嘴で周囲のモンスたちを狙っているのだ。

巨大なガルーダの嘴は、凄まじい威力があるだろう。慎重に攻めなければ、返り討ちに会うかもしれない。

だが、時間をかければガルーダが再び空へと戻ってしまう。

無理にでも攻めるか悩んでいると、ヒムカがガルーダの前へと自ら跳び出した。

「ヒムー！」

「ヒムカ！」

「ヒムム」

思わず悲鳴を上げた俺に対し、ヒムカは軽く振り返ってニカッと笑った。か、かっこいいじゃないか！

ヒムカは挑発するように、ガルーダに向かってクイックイッと手招きしている。その挑発が通じたのか、逆襲者の能力故か。ガルーダのターゲットがヒムカに移ったようだった。

鋭い嘴がヒムカに向かって突き出される。

「キュオオオオ！」

「ヒム！」

だが、ヒムカはその攻撃を避けようともしなかった。槌を使って受け止めようとしたのである。だが、相手は大型のボスだ。

嘴と槌が真正面からぶつかり合い、押し負けたヒムカがあっさりと弾き飛ばされていた。

死に戻ってはいないが、ＨＰはレッドゾーンに突入している。

しかし、ガルーダも只では済んでいない。なんと、ヒムカが発動していた逆襲者によるダメージを頭部にくらったことで、朦朧状態に陥っているのだ。ヒムカはこれを狙ったのか？

「い、今だー！　つっこめー！」

「キュー！」

「――！」

「ヤー！」

俺たちはがむしゃらに突っ込んだ。もうMPがないので、物理で殴るしか攻撃方法が残っていないのだ。アイネまでもが、ちっちゃな手でポカポカとガルーダを叩く。

結果、残五パーセントほどだったガルーダのHPバーが砕け散り、俺たちは勝利をつかみ取ったのだった。

本当にギリギリ、命からがらだったな。

「か、勝った～」

「フマー」

「ヒムー」

まじで疲れた！

少しだけその場に立ち尽くし、息を整えると、俺はリザルトを確認していた。

「さすが第四エリアボスの中でも最強の相手。レイドボス以外で一番の強敵だったぜ……」

ただ、それに見合った成果もある。なんと、サクラ、ファウのレベルが上がったのだ。二人が同時にレベル30に達していた。そのおかげで新たなスキルも覚えている。

「うーむ、もしかして、もう少しレベルを上げておけば、もっと簡単に勝てたか……？　いや、どっちもボス戦じゃ使えないスキルか」

まずはサクラ。リックも持っている剪定（せんてい）スキルだ。これは世話をする植物系作物からの収穫にボーナスが付くスキルなので、地味だがサクラには非常に合っているスキルだった。

ファウは妖精の癒しというスキルだ。これは翅からキラキラとした光の粒をまき散らして、フィールドにいる際にパーティの自然回復速度を上昇させるパッシブスキルだった。効果は実感しづらいが、長い探索では有用なスキルだろう。

因みに、ここ数日で他のモンスたちも新スキルをゲット済みだ。オルト、ルフレはレベル30で、ドリモ、ヒムカはレベル20で新スキルを得ている。

オルトは世話する作物が変異する確率が上がるという、変異率上昇。ルフレは包丁術というスキルをゲットしている。包丁術は、料理中の包丁を使う工程で素材の劣化を防いだり、場合によっては品質を向上させたりする効果があった。包丁を使っての戦闘術ではなかったね。残念だ。

ドリモは俺も持っている宝石発見スキルを、ヒムカは炉の温度が上昇する火精陣という生産系スキルだった。見事に戦闘系を外してくる。

そうそう。スキルといえば、ドリモの土耐性スキルが消えてしまった。ただ、これは珍しいことではない。うちでは初めてだけど、他のテイマーさんからは報告が上がっているしね。進化した先の種族がその耐性に優れている場合などには、不必要となって削除されるらしい。

マスクデータである、属性値的なものが関係しているのだろうと言われている。つまり、土耐性は消えたけど、今まで通り土への耐性は高いままということだ。それだけ分かっていれば問題ない。

「スキルの確認はオッケー。ドロップは――」

実は、ガルーダのドロップの中に、狙っている素材があった。まあ、絶対欲しいというわけではなく、あったら嬉しいなーくらいだが。

「えーっと、あった！　やったぜ！」

「フムー！」

俺とルフレが手に入れて喜んでいる素材は、嵐鳥(らんちょう)の巨大卵というアイテムだ。卵といっても、従魔の卵とは違う。アイテムの種別が食材なのだ。つまり、食べるアイテムであった。

当然、孵卵器(ふらんき)を使用できないし、温めても孵(かえ)らない。無精卵ってことなのだろう。

これは前線のテイマーたちがボスをテイムできるかもしれないと考え、色々と検証した結果導き出された答えである。

ガルーダの卵温め動画という、なんとも言えない動画がアップされていたのを俺も見た。孵化すれば感動的な動画になっただろうが、孵らない卵が延々と映されるだけのシュールな動画だった。

一二八倍速で再生しても、まるで静止画を見ているかのような状態だったからね。

リアルで獣医学部の学生であるプレイヤーが、地熱や火鉱石などを使って孵化を試みたりもしたらしい。あとは鳥系の魔獣に抱かせたり、モフモフのモンスたちに温めさせたりもしたという。しか

し、結局は無駄に終わってしまったそうだ。

俺がこの卵を狙っていたのは、食用のためだった。この三〇センチ以上ある卵で目玉焼きを作ってみたいのである。

「まあ、孵化させられるとしても、凄い時間がかかるだろうけどね」

俺は、出がけに確認したリックとファウの卵のことを思い出していた。

ファウが孵った時のことを考えると、もう孵化していてもおかしくはないんだが、今朝もその兆候は見られなかった。

孵るモンスターによってその期間は違うというが、まさかこんなに時間がかかるとは……。その分レアなモンスターである可能性もあるが、さてどんな子が生まれるんだろうかね？

「あとは羽根とか、爪か」

「キキュ！」

俺たちがドロップの確認をしていると、急にリックが俺の肩の上に乗り、頬をペチペチと叩いた。

「もう少しで終わるから、ちょっと待ってくれなー」

「キュー！」

早く行こうと促しているのかと思い、落ち着かせるために軽くリックの首を撫でたんだが、どうやら違っていたらしい。

「キッキュ！」

リックは俺の前髪を引っ張りつつ、ボス部屋の入り口を指差した。

「あれ？　人がいる？　え？　マジか？」

俺たちが入ってきたダンジョン側の入り口から、人が入ってくるのが見えた。

しかし、これはおかしい。エリアボスの部屋はパーティごとに作成されるので、戦闘終了しようがフレンドであろうが、基本的には他のプレイヤーは入ってこられないのだ。

よく見てみると、プレイヤーとはマーカーの色が違っていた。

「ＮＰＣみたいだけど……」

イベントか？　でも、事前に仕入れた情報ではこんなイベントの話は全くなかった。

俺たちは固唾を呑んで、そのＮＰＣが近寄ってくるのを見つめる。

身長が一八〇センチほどもありそうな茶髪の男性だ。ヒョロッとした痩せ型なうえに微妙に猫背なので、戦闘力が高そうには見えないな。眼鏡の奥の瞳は細められ、口元も柔和そうに緩んでいる。どう見ても善良そうだ。これで悪のＮＰＣでしたってなったら、このゲームの運営は相当性格が悪いだろう。

男はボサボサの頭をポリポリと掻きながら、緩い感じで声をかけてくる。

「やあ、こんにちは」

「こ、こんにちは」

「キキュ！」

「フム！」

「ほほう。ちゃんと挨拶ができるんだ。頭のいい子たちだね」

手を上げるうちの子たちを見て、さらに目を細めている。

「それにそっちの子は樹精じゃないか、実に愛らしい。僕はトーラウスっていうんだ。よろしくね」

「俺は、ユートだ」

トーラウスと名乗ったNPCは非常にフレンドリーであった。俺と握手した後は、うちの子たちと順番に握手をしていく。ちゃんと相手の背に合わせて腰を屈めてくれていた。

「テイマーのユート君……？　もしや、ピスコっていう男性を知っているかい？」

「木材屋の？」

「そうそう！　やっぱり君がユート君か！　僕はピスコの息子なんだよ」

なんと、以前花見を一緒にしたNPC、ピスコの息子だった。向こうは厳つい外見だったのに、こっちはナヨナヨタイプか。全然似てないな。まあ、ピスコは外見が厳つくても、喋り方は紳士だったから、性格面では似ているのかもしれんけど。

「父がとても喜んでいたよ」

「いや、俺も楽しかったから」

「父が言っていた通り、ユート君は信用できそうな人だね……。ねえ、実は少し困っていることがあってさ、よければ手伝ってもらえないだろうか？」

「内容によるんだけど……？」

「僕は植物の研究をしていてね、今は雑草の図鑑の編纂をしているんだけど、助手が実家の都合でしばらく町を離れてしまっているんだよ。そのせいで作業が進んでいなくてね。その手伝いを探してい

たんだ」

「なるほど」

どうやら戦闘系の依頼ではないか？

労働クエスト
内容：雑草の鑑定と仕分け
報酬：一五〇〇G
期限：七日以内

「返事は急がなくていいよ。僕はこの先にあるサウスゲートの町に住んでいるから、もし受ける気になったら訪ねてきてくれ。地図には、僕の家の場所を書き込んでおくから」

トーラウスがそう言った直後、マップが自動的に立ち上がり、青い点が打たれる。多分、この先にある第五エリアの町、サウスゲートの地図なのだろう。

ただ、俺たちはまだ行ったことがないので、外壁を示す円と二本の大通り以外は何も描かれていない真っ白の地図だ。そこにマーキングされても、訳が分からなかった。

「それじゃあ、また会えるのを楽しみにしているよ」

「あ、ああ」

「またね」

「――♪」

手を振りながら去っていくトーラウスを、サクラが笑顔で見送る。植物学者って言ってたし、もしかして植物系のモンスターからの好感度が上昇するような能力持ちか？

「このクエスト、どう考えてもチェーンクエストの続きだよな？」

だとすれば、受けないという選択肢はないだろう。

「まあ、急がなくてもいいって言ってたし。町を軽く見て回った後でもいいかね？」

まずは第五エリアの町を色々と探索したいのだ。

俺はうちの子たちを引き連れて、トーラウスが消えていったゲートへと足を踏み入れた。

一瞬、視界が白く光り、すぐに鮮やかな景色が映し出される。

「ここが第五エリアの町、サウスゲートか」

第五エリアには、イーストゲート、ウェストゲート、サウスゲート、ノースゲートという四つの町が存在していた。その名前からして、ゲームはここからが本番で、魔境への門という意味なのではないかと言われている。

本当のスタートラインに、今頃になってようやくたどり着いた俺って……。

第三エリアの町や精霊の街は幻想的で綺麗な、いかにもファンタジーな場所だった。だが、第五エリアの町はまた違った姿をしている。

言ってしまえばリアル追求型？　海外旅行のパンフなどに出てくるような、世界遺産的な中世風の街並みって言えばいいのかね？

綺麗な西洋風ではあるが、非現実的な雰囲気はなかった。地球のどこかにでも存在していそうな、リアルさがある。

「まずは町を散策だ！」

「フマー」

「おま、そんな動くと……！」

「フマ？　フマー♪」

俺の肩に着地してそのまま肩車されていたアイネが、楽しげに万歳する。そしてバランスを崩して後ろに倒れ込んだ。慌てて支えようとしたが、アイネが浮遊持ちであることを忘れていた。

そのまま浮遊スキルを使って、グイーンと体を起き上がらせるアイネ。

「フーマー！　フーマー！」

「ちょ、俺のバランスが……」

どうやら楽しかったのか、倒れて起き上がってを繰り返し始める。香港映画の主人公がやっているぶら下がり腹筋みたいだな。もしくは新手の起き上がりこぼし？

アイネが起き上がる度に長い髪がファッサファッサと揺れてメチャクチャくすぐったいうえに、後ろに引っ張られるせいで重心が崩れる。

しかも周りの視線が明らかに集中している気がした。いや、肩車された幼女がぶら下がり腹筋をしまくる絵面は目立つだろうから仕方ないが。

「――！」

「おおー、サクラ、ルフレ助かった」

「――♪」

「フム！」

サクラたちが俺の手を取って前に引っ張ってくれた。そのおかげで、なんとかよろけずに歩ける。

「さて、とりあえずどっちに行ってみるか……」

「キュ！」

「ヤー！」

リスライダー形態のリックとファウが先導してくれる。まあ、適当に進んでいるのだろうが、目的地があるわけでもない。リックの行きたい方に行ってみよう。

「ヤヤー！」

「キュ？」

「ヤ！」

「キキュー！」

リックとファウは、曲道に来るたびに何やら相談し合い、町を進んでいく。俺は道中の店で買い食いをしたりしながら、のんびりとリックたちを追いかけた。


三〇分後。

「お？　あれは……。リック、ファウ、ストーップ。止まれー」

「ヤ？」

「キュ？」

「ちょっと、あそこに行ってみるから、一度戻ってこい」

俺が発見したのは、知人の姿だった。

露店の前に立って、声をかける。

「シュエラ、セキ、今日はここか？」

「あ、白銀さんじゃーん。三日ぶりー。相変わらずカオスでプリティなパーティよねー」

「よう」

そこにいたのは、シュエラとセキの防具店だ。相変わらず派手なゴスロリに身を包んだシュエラと、地味なワイシャツスラックス姿のセキが、並んで立っている。

「ちょうどよかった！　頼まれてた装備、完成してるよ！　あとでメール送ろうとしてたんだけど、手間が省けちゃった」

「ブリブリするな。白銀さんには正体バレてるんだから痛いだけだぞ」

「うるせー！　あれが素なんだよ！」

この二人の関係も謎だよね。リアルでも知り合いっぽいけど、友人って感じではない。恋人でもなさそうだし、姉弟、もしくは兄妹感もないのだ。

「ボケは放っておいて、これが頼まれてたリスちゃんの新装備！」

実は第四エリアに挑む前、シュエラたちにリックの新装備をお願いしていたのだ。それが完成した

らしい。

「テレレッテッテテ～！　迅雷のスカーフ～！」

ドラちゃんの真似をしていると思われるシュエラに、セキがボソッと呟く。

「……耳なしネコ型ロボットの真似をする時に、だみ声にするかどうかで年齢がばれるらしいぞBBA」

「死ね！」

二人の漫才は放置しつつ、スカーフを鑑定する。

名称：迅雷のスカーフ
レア度：４　品質：★７　耐久：３８０
効果：防御力＋３１、麻痺耐性（中）、眠り耐性（小）、敏捷＋４
重量：２

麻痺と眠りという、動きを止められる二大状態異常への耐性に、敏捷上昇。防御力も高いし、素晴らしい装備だ！

「色もちゃんと指定通りにしてくれたか！」

「真紅のマフラーはヒーローの基本だからねっ！」

「まあ、スカーフだがな」

セキのツッコミは無視して、シュエラがもう一つ装備品を取り出す。

「後はこれだね！」

「お、作れたのか！」

「うん」

スカーフともう一つ、依頼していたのはリック専用のアクセサリの作製だ。小型のモンスターであるリックは、普通のアクセサリは装備できない。そこで、何とかならないかと相談していたのである。

「へっへっへ～。ジャーン！」

名称：投擲（とうてき）の腕輪
レア度：３　品質：★５　耐久：２３０
効果：防御力＋１０、投擲強化（小）
重量：１

シュエラが取り出したのは、銀色のシンプルな指輪にしか見えない輪っかだった。だが、鑑定するとキッチリ腕輪と表示されている。小型モンスター用の腕輪だ。

「これも凄いじゃないか！」

「良いっしょ？　サイズダウンするのに結構素材を使ったから、預かった素材で結局トントンになっちゃったけど」

シュエラには手に入れた素材を大量に預けてあった。そこから必要な素材を使用してもらい、余った分は買い取ってもらうことになっていたのだ。シュエラたちへの依頼料を差っ引いても、多少は売却代が戻ってくる可能性もあったんだけどね。

「いや、支払いがないだけでも十分だ！　それに、リックにピッタリの能力だしな」

「でしょう？　いい仕事したっしょ？」

「ああ、サンキューな」

「だったら、またうち使ってね」

「分かってるよ」

「ばいばーい」

「毎度」

俺は改めてシュエラとセキに礼を言って、店を後にした。

早速マフラーをリックに装備してやる。

「キュ？」

「うんうん。リックかっこいいぞ」

「キュー！」

自慢するように俺の肩の上に乗って、スカーフと腕輪を見せてくるリック。

褒めてやると、リックが喜ぶように飛び跳ねた。

「キュー！」

「フマ！」

「ヒム！」

今度はアイネとヒムカに自慢しに行ったな。二人にも褒められて、ご満悦だ。能力も高い上に、こんな可愛い姿が見られるなんて、本当に買って良かった。

「さて、次はどうするか」

本来であればサウスゲートを探検しつつ、地底湖に行くつもりだったのだが……。

「チェーンクエストを放置するのは、なんか気持ち悪いよな」

気分の問題ではあるが、やらなきゃいけないことは先に済ませてしまいたい。

とはいえ依頼の期限まではもう少しあるし、地底湖で食材をゲットしてからでも遅くはない気もする。

「うーむ……。決められん！」

ということで、ここは多数決と行こうではないか。

俺はモンスたちを並べると、地底湖かトーラウスの家か、行ってみたい方に手を挙げるようにお願いした。

「いいかー、自分が行ってみたい方に挙手すんだからな？　じゃあ、地底湖に行ってみたい人ー」

「フム！」

「フマ！」

「キュ！」

手を挙げたのはルフレ、アイネ、リックだ。おいおい、三人挙げちゃったじゃん。

挙手で決める作戦は、最終結果が三対三で失敗か。

「仕方ない。ここはジャンケンで決めるとしよう。地底湖チームVSトーラウスチームで勝ち抜きジャンケン対決だ！」

順番は背の順でいいかな？

「第一回戦！　リックVSファウ！」

「キュ！」

「ヤー！」

チビーズの二人が両腕を突きあげながら、やる気満々で前に進み出た。いつもは仲良しな二人が、視線をバチバチとぶつけ合っている。

うちの子たち、こういった勝負事には本気だからね。

リックはなぜかシュシュシュシュとシャドーボクシングをしながら、不敵な表情である。軽快なステップを刻みながらジャブを放つ姿は、まるでモハメド・アリのようだった。

対するファウは、両手を交差させて組んだ後に中を覗き込むっていう、あの誰が考えたのかよく分からないおまじないを行っている。

どちらも準備は万端かな？

「いくぞー。ジャーンケーンポーン！」

「キキュ！」

「ヤヤー！」

互いに小っちゃな手をギュッと握り込んで突き出している。グー同士でアイコだ。

「キュー……」

「ヤー……」

同時に額の汗をぬぐい「やるな」「そっちこそ」みたいにフッと微笑み合うファウとリック。なぜそんなにハードボイルド？　ガンマン気分なのだろうか？

「ま、まあいい。次行くぞ。アーイコーでしょ！」

「キッキュー！」

「ヤーッ！」

まるでトルネード投法を繰り出そうとしているかのような激しめの構えから、二人が自らの手を渾身の力で繰り出した。

そして、明暗がはっきりと分かれる。リックがチョキ、ファウがパーであった。

「キキュー！」

「ヤヤー！」

リックが勝利のチョキを天に向かって突き上げ、雄叫びを上げる。その横ではファウが両膝を地面につき、握りしめた拳で悔しげに地面を叩いている。

たかだかジャンケンでここまで白熱するとは思わんかった……。

「じゃあ、次はサクラ！」

「――！」

いつもは嫋やかに微笑むサクラも、今回はやる気だ。リックと微笑み合う。この妙なハードボイルドのノリ、ずっと続くのか？　ドリモもいないのに。

その後、白熱した戦いは続き、いよいよ最終戦である。残るのは互いの大将、ルフレとヒムカだった。

「ヒームー！」

「フムム～……」

今まで以上に大げさなリアクションで、自身の手を突き出す大将たち。

その勝者は、ヒムカだった。

ウイニングチョキをピースするように突き出し、喜びを爆発させている。対するルフレはがっくりと肩を落とし、敗北のパーで顔を覆っていた。左右からリックとアイネに慰められているな。

「ま、まあ。これで次に向かうのはトーラウスの家って決まったわけだ」

「――♪」

「ヒム！」

「ラランラ～♪」

勝者組がファウを中心にグルグルと回りながら喜びの舞を踊り出す。そこまで嬉しいのかよ？

「――あれって――」

「――白銀さん――」

「――あいかわらず――」

やっべ、いつの間にかたくさんのプレイヤーたちが遠巻きにこっちを見ているんだけど！　先程の白熱ジャンケン大会が目立ってしまったのだろう。

モンスたちにジャンケンをさせて、それを横で見守るテイマープレイヤー……。何をやってるんだって感じだよな！　それを目撃したら、俺だったら確実に呆れるだろう。

つまり俺も呆れられているわけだ。メッチャ恥ずかしい！

「み、みんな！　さっさと移動するぞ！」

「ヒム」

「――♪」

勝者組が満面の笑みで俺の手を取って歩き出す。敗者組は――。

「フムー」

「フマ！」

「キッキュー」

俺たちの後ろを普通に楽しそうに歩いている。直前の絶望っぷりはどこ行った！　この後も落ち込んだままでいられるよりはずっといいけどさ。

勝負ごとに熱くなっていただけで、行く場所はどっちでも構わなかったんだろう。

マップを見て、目的地を確認する。

「トーラウスの家は、町の外れか」

この辺はさっき通ったけど、気づかなかった。まあ、地図に付けられたマーキングを見ると、かなり奥まった場所にあるらしい。裏道っぽい場所の、さらに裏って感じだ。

普通に歩いていて、気づく可能性は低そうだ。俺だって、マーキングがなかったら自力ではたどり着けないだろう。

イベントって感じがするぜ。

「じゃ、新たなクエスト目指してレッツゴーだ！」

「ヒムー！」

「――♪」

「ヤー！」

なんて感じで、俺たちは出発したんだが……。

「ここだよな？」

裏町の細い道を通り抜けて俺たちがたどり着いたのは、一軒の民家だった。外見は、左右に建っている普通の家と変わらない。

正直、戸惑ってしまうレベルで、普通だ。

だが、地図のマーキングは確かにこの家を指し示していた。

「すみませーん」

呼びかけながら、軽くノックをしてみる。

すると、すぐに扉が開いた。中から姿を現したのは、見覚えのあるヒョロ長の男性だ。

やはりここで正解だったらしい。

「おや、ユート君。早速来てくれたんだね」

出迎えてくれたトーラウスに招かれて、家の中に足を踏み入れる。すると、そこには驚きの光景が広がっていた。

まず、部屋が広い。多分、壁をいくつか取っ払っているのだろう。二〇畳くらいはありそうだ。

その部屋の中には所狭しと、大量の草花が置かれている。

いくつか置かれた木製の机の上は勿論のこと、壁や天井からも草花の束がぶら下げられ、床のシートの上にもうず高く積まれている。

一応、入り口右脇の壁際に置かれたソファ周りだけは、草花に侵食されていないようだ。お客さんが来た時用なのだろう。というか、ソファ周辺以外は足の踏み場がない。

しかも、この部屋に置かれている草、その全てが雑草であるようだった。植物学者で、今は雑草の研究をしてるっていう話だったが、これは凄いな。

「ささ、座ってくれ」

「あ、ああ。うちの子たちも大丈夫か？」

「勿論さ。でも、イタズラ厳禁で頼むよ」

うむ、言い聞かせておいた方がいいだろう。うちの子たちは好奇心が強いやつばかりだし、放っておいたら何をするか分からない。

トーラウスは器用に雑草の間を抜けて、奥に消えていった。よくあの狭い場所を歩けるな。しかも

雑草には一切触れず。何か特殊な歩き方でも習得してるのか？　植物学者は表の姿で、実は暗殺者とか？

「というか！　言ってるそばから！」

「ヤ？」

「キュ？」

俺はファウとリックを慌ててつまみ上げた。

よりにもよって一番不安定そうな、机の上に積み上げられた雑草の山に興味を示していたのだ。リックはスンスンと匂いを嗅いでいたし、ファウにいたっては突っついたりしていた。これで雑草雪崩でも起こしたら、トーラウスの好感度は急降下だろう。下手したらそこでクエストが終了するかもしれん。

しかし事の重大さが分かっていないのか、俺に鷲掴みにされたチビーズは不思議そうに首を傾げている。右手のリックに至っては早く拘束を解いてくれと、俺の手をペチペチ叩いている始末だ。

これはヤバそうである。

「いいか二人とも、ここではおふざけ禁止！　勝手に物に触るのも絶対にダメだ。もし守れないなら、他のやつと交替だからな？」

「キュ」

「ヤー」

俺にぶら下げられた状態のチビーズは、即座に敬礼を返してくるのだが……。本当に分かってるよな？

「ははは、僕からも頼むよ。中には貴重なサンプルもあるからね」

笑いながら戻ってきたトーラウスが、俺にカップを渡してくれる。どうやらハーブティーであるらしい。さすが雑草博士。

「じゃあ、いただきます――えっ？」

ハーブティーを口に含んだ俺は、驚きのあまり思わず声を上げてしまっていた。

「これ、ハーブティーだよな？」

「ああ、僕の特製さ。どうだい？」

「メチャクチャ美味しいんだけど！　この爽やかな香りはいったい……」

いつも飲んでいるハーブティーとは、濃さが違う気がする。匂いも強いし、味も強い。ある意味、ハーブのエグ味みたいなものが強いとも言えた。苦手な人はいるかもしれないが、俺はこっちの方も好きだ。特に香りは素晴らしい。

「ああ、レモンバームのフレッシュハーブティーなんだよ。乾燥させるよりも香りが楽しめるから、僕はフレッシュの方が好きなんだ」

なんだと？　今なんと言った？　フレッシュの方が好き？　謎の爽やかさはレモンバームという未見のハーブだったからいいとして、フレッシュハーブティー？

「つまり、フレッシュハーブティーが存在するんだな？」

「存在するねぇ」

「ど、どうやって作るんだ？　俺、何度やっても雑草水になっちまうんだが……」

「なるほどなるほど。そうだねぇ。僕の手伝いをしてくれたら、作れるようになるかもよ？」

トーラウスはそう言ってにっこりと微笑んだ。これは、クエストを引き受けて成功させたら教えてやるってことだろう。

いいだろう。やってやろうじゃないか。その挑戦、受けて立つ！

「ぜひやらせてください。お願いします」

「うんうん。引き受けてくれて嬉しいよ。それじゃあ、最初の仕事だ。このテーブルの上に置いてある雑草を、仕分けてくれるかい？」

「……これ、全部？」

山なんだけど？　テーブルがなくても、俺の背より高いだろう。

「ああ。採取場所から採ってきたんだけど、分別する時間がなくて。種類ごとに分けてもらえるとありがたいんだ」

「わ、分かった」

さすが労働クエスト。地味でキツイね。だが、これもフレッシュハーブティーのためである。

「よーし、やってやるぞ！」

俺はうちの子たちと共に、早速鑑定を始めていく。とはいえ、目の前にある草を無闇やたらに鑑定し、適当により分けても効率が悪い。

そこで、俺たちは分担して作業を効率化することにした。

「ヒム」

「フム」

「うん。ありがとう。これがヒマワリで、これがチューリップ。これが――」

ヒムカ、ルフレがテーブルの上から雑草の束を俺に手渡し、俺が鑑定した雑草をファウとリックが運び、それを受け取ったアイネとサクラが種別ごとに並べていく。

「キキュ」

「ヤー」

「フマー」

「――♪」

仕分けの仕事は、最初はそこそこ面白かった。俺が知らないハーブがたくさんあったのだ。それらを鑑定しながら分別するのは、単純に勉強になった。

だが、それも一時間も経過すれば飽きてくる。二時間経てば、雑草仕分けマシーンと化すしかなかった。

そして三時間後。俺たちはようやく、テーブルの上に積み上げられていた雑草の分別作業を終わらせることに成功していた。

「お、終わった」

ゲーム内だから凝っているわけはないんだが、腰や肩を思わず解(ほぐ)してしまう。しばらく内職系の仕事はしたくないぜ。

「フマー……」

「ヒム！」

「フムム」

うちの子たちも伸びをしたりして、解放感を味わっていた。やはりＡＩでも単純作業は飽きるのだろうか？

だが、俺は忘れていたのだ。労働クエストが、こんな短時間で終わるわけがないということを。

トーラウスが嬉しげに笑いながら、俺たちが分別した雑草を手に取っている。

「いやー、凄い早かったね。じゃあ、次はこっちのテーブルを頼むよ」

「え？」

「最初は様子見で少ない仕事を割り振ったけど、あの素晴らしい仕事っぷりなら問題なさそうだね。ぜひ頑張ってくれよ」

最初は少ない仕事？　あれで？

そうか。忘れていたが、これでこそ労働クエストだよな！

「……いいぜ。やったろうじゃないか」

「――……」

あのサクラでさえげんなりした顔をしているが、やらなきゃ終わらないんだ！　俺だって逃げたいけど、クエスト達成のためだ！

「いくぞ！　えいえいおー！」

「ヒム……」

「フム……」

作業速度が遅いうちの子たちを食べ物で釣ったりしながら、俺は仕分けクエストを再開した。

そして、トーラウスからのクエストを受けてから半日。

俺たちは、延々と続く雑草地獄に苦しめられていた。

仕分けても仕分けても、雑草が無くならない。というか、指示された分をどれだけ早く終わらせても、即座におかわりがくるのだ。

「キュ……」

「ヤー……」

「頑張れみんなー……」

肉体的な疲労はほとんどないはずなんだが、モンスたちもぐったりしている。単に飽きただけではなく、精神的な疲労を感じているようだ。

こんな、死んだ魚のような眼をしたうちの子たち、初めて見た。

これはそろそろ限界だろう。考えてみれば、労働クエストが一日で終わるわけもない。

始まりの町のゴミ拾いや、草刈だって、数日かかったのである。

そろそろ夜になるし、一度切り上げるとしようか。

「トーラウス、今日はこのくらいにしたいんだが」

「分かったよ。次はいつにするかい？」

やっぱりクエストは続くらしい。

「じゃあ、明日は朝からここに来る。それでいいか？」

「おお。やる気だね！　嬉しいよ」

面倒な仕事は早く終わらせたいだけである。俺は残りがどれくらいなのか、それとなく尋ねてみた。しかし返ってきた言葉は望んでいるものではない。

「うーん、まだ結構あるかな」

「そ、そうか……」

やはりまだまだ先は長そうだった。

「ヒム……」

「フマ……」

トーラウスの言葉を聞いて、ヒムカとアイネが肩を落とす。これは、俺も含めて全員の気分転換が必要かもしれない。

「息抜きも兼ねて、地底湖に行くかね」

「フム！」

「――――！」

水場が好きなルフレのテンションが上がっているな。実は、夜の地底湖は観光スポットとして人気である。

地底湖そのものは昼間から暗いのだが、夜になると特殊なフィールドエフェクトが発生するのだ。

それにより彩られた地底湖は幻想的で、一見の価値ありと言われていた。

攻略するには準備が足りていないが、少し覗きに行くくらいなら大丈夫だろう。それに夜だとモンスターも増えるが、他のフィールド生物の活動も活発になる。

蟹や魚も、より釣り上げられる可能性が高いということであった。

「じゃ地底湖観光に行きますか！　蟹も確保できたらなおよし！」

「ヒム！」

「フマ！」

そうしてダンジョンに向かっていた俺たちは、すぐにその足を止めた。背後から声をかけられたのである。

「白銀さーん！」

「くくく……お久しぶり……」

見覚えのあるコンビだった。

こちらにブンブンと手を振っているのは、レッドアフロのちびっ子牛獣人クルミだ。その後ろで含み笑いをしているのが、赤紫髪和服美女で蛇獣人のリキューである。

いや、コンビじゃないな。今日はトリオだった。二人の後ろに、もう一人女性がいる。

「こ、こんばんは」

頭を下げてきたのは、群青色の髪の毛をショートカットにした、いかにも真面目そうな雰囲気の少女だった。

特に目立つのは、髪の毛の合間から飛び出す、魚のヒレのような物だろう。どうやら、魚の特徴を備えたネレイスという種族であるようだ。

耳の代わりに大きな魚のヒレのような物が付いており、首には鰓(えら)と思われる小さいスリットが入っている。

装備品は、水色の鱗(うろこ)を繋ぎ合わせたスケイルアーマーに、黒のボディスーツのような物を合わせた格好である。

ただ、鎧部分が非常に小さく、ビキニアーマー系統の形をしていた。まあ、鎧の下に上下セパレートタイプのボディスーツを着込んでいるので、腕と足以外はヘソしか露出していないが。

その唯一の露出であるヘソ出しも、むしろ少女の健康的な魅力を引き出しており、嫌らしさは全く感じない。

「私たちの友達でフィルマっていうんだ！　よろしくしてあげて！」

「くくく……いい子よ？」

「よろしくお願いします！」

再び頭を下げるフィルマ。そのお辞儀は非常に丁寧である。やはり真面目なタイプであるらしい。

「いつもはだいたいこの三人でパーティ組んでるんだ」

「私、ゲームがあまり得意じゃないんで、二人の足を引っ張ってばかりで」

「そんなことないよ。むしろ初心者なのに、水中であれだけ動けるフィルマはチョー凄いよ！」

「くくく……いつも交渉助かってるわ」

どうやらリキューが人見知りをしない、数少ない相手であるらしい。仲良く会話をしている。

「白銀さんは、地底湖に行くの？」

「ああ、そのつもりだ」

「だったら、一緒に行かない？　フィルマも白銀さんに会ってみたいって言ってたし！」

「そうなのか？」

「その、ウンディーネちゃんと一緒に泳いでみたいなって思ってて……」

「くく……フィルマは、泳ぐためにこのゲームを始めたのよ？」

「は？　泳ぐため？」

詳しく話を聞くと、フィルマのリアルでの趣味はダイビングであるらしい。しかも、普段は水泳部。本当に泳ぐことが好きなのだろう。

ただ、ダイビングはお金がかかる。特に、美しい景色や特別な場所に行こうとしたら、学生のお小遣いでは絶対に足りない。

そこでこのゲームだ。俺はあまり注目していなかったが、ゲーム発売前に公開されていたトレイラーに美しい水中映像が映っていたらしい。しかもその中をネレイスが縦横に泳ぐ映像も含まれていたそうだ。

「それを見て、これだって思ったんです！」

ロールプレイとも違うが、特殊な目的を持っているということだろう。実際、こういった攻略以外の目的でゲームをプレイしているプレイヤーは一定数存在する。

現実でペットを飼えないから、ゲーム内で思う存分モフモフを堪能したい。ダイエット中だから、思う存分美味しい食べ物を食べたい。等々、理由は様々である。

花見でフレンドコードを交換したつがるんも、そうだったはずだ。りんごが好きなのにアレルギーで食べられないから、ゲームの中で思う存分食べたいと言っていた。

彼女もそのタイプなのだろう。

「最近はクルミたちとゲームをするのが楽しいので、ちゃんと戦ってますよ？」

「種族特性もあって、水中じゃ無敵だよ？」

ネレイスでダイビング好き。確かに、水中では強そうだった。

「それは頼もしいな。いや、地底湖に行こうとは思ってたけど、正直戦闘が心配でさ」

「ああ、もしかして観光目的？」

「あとは蟹がほしい」

俺が蟹と口に出すと、少女たちのテンションが上がる。いや、リキューの場合はいまいち分からんが、他の二人は間違いなく早口になった。

「くくく……蟹、美味しい」

「だよなー。この前知り合いに食べさせてもらったんだが、メチャクチャ美味しくてさ。ぜひもう一度食べたいんだよ」

「白銀さん、料理持ちだよね？」

「ああ、テイマーの確定スキルだからな」

「じゃあさ、私たちが蟹集めも手伝うよ！　その代わり、私たちの分も料理してくれないかな～？

実は誰も料理を持ってなくて」

「え？　そうなのか？　まあ、それくらいならお安い御用だが」

「本当ですか？　ありがとうございます！」

むしろクルミたちレベルの護衛を手に入れる対価が料理だなんて、お得過ぎないか？

「じゃあ、決まりね！　フィルマ、リキュー。噂の白銀料理を目指して、頑張るよ！」

「うん！　頑張るね！」

「くくく……蟹かま蟹せん蟹ラーメン……」

リキューよ、蟹料理でそのラインナップはどうなんだ？

「やっぱり水中のモンスターが多いんだな。うちのパーティだと苦戦しそうだ」

地底湖に向かいながら話を聞くと、水中から出てこないモンスターも多いらしい。うちのパーティだと、かなり苦戦するかもしれなかった。

「戦闘は私たちに任せてよ！」

「くくく……正確には、私の爆弾と、フィルマ」

「クルミちゃん、水中戦闘苦手だから」

「そうなのか？」

「武器がね～」

そういえばクルミの武器はハンマーだったな。どうやら水中での取り回しが悪いらしい。

「まあ、最近リキューーが開発した水中爆雷があれば、大抵の相手はどうにかなるから！」

「使い過ぎは赤字」

「分かってるって。いざという時はってこと！　それに、フィルマもいるもんね！」

「そんなに凄いのか？」

「うん！　何せ、フィルマの水中戦を撮った動画が、凄い視聴数を叩き出してるんだから。今週のランキングに載ってるんじゃないかな？」

「ランキング？」

「え？　知らないの？　白銀さんが？」

クルミが目を丸くしている。だが、クルミが驚く理由が分からなかった。

すると、クルミが色々と教えてくれる。

「プレイヤーが撮影した動画やスクショは、ゲーム内で公開することができるのは知ってるでしょ？」

「ああ、それくらいはさすがに。料理動画なんかは見たことあるぞ」

公式動画などと同じように、ゲーム内、外で見ることができるのだが、最近のアップデートでランキング機能が追加されたらしい。

視聴者数で順位が決められるそうだ。

ランキング上位者には、ゲーム内通貨やポーション類など、わずかながら報酬も出るらしい。まあ、本当にわずかで、序盤で狩りをするのと大差はない程度の儲けしかないそうだが。それでも、た

だ動画をアップするだけよりはモチベーションも上がる。

　このランキング機能が実装されたことにより、格好いい映像や可愛い画像を撮影して、公開するプレイヤーも増えたらしい。

　上級プレイヤーによるテクニック解説や、激しい戦闘動画、あとはモフモフ動画などが人気であるという。

　そのランキングで、フィルマが水中で踊るように戦う動画が上位に入っているらしい。テクニック動画、攻略動画としても有用でありながら、幻想的で美しいという評価も入っているそうだった。

「へー、凄いんだな。クルミとリキューが有名プレイヤーなのは知ってたけど、フィルマもトッププレイヤーなんじゃないか」

　実は凄い三人組とチームを組んでしまったらしい。だが、褒める俺を三人が何とも言えない目で見ている。

「なんだ？」

「……ランキングトップが何を言ってんのさ」

「は？　なんだって？」

「いや、今週の動画ランキングのトップ、白銀さんじゃん」

　クルミの言葉に、俺は首を傾げた。本当に意味が分からん。揶揄（からか）われている？　だが、クルミの表情は真剣だった。もしかして、誰かと間違えているんじゃないか？　ユータとかユーカみたいな、プ

レイヤーネーム間違いはあり得る。

「いやいや。俺は掲示板にさえ書き込まないんだぞ？　動画を上げるわけないじゃん。人違いだよ」

「じゃあ、これは？」

クルミがそう言いながら、ランキング表を見せてくれる。第四位に確かにフィルマの名前があった。そして、一番上。トップの動画には『ユート』という名前があった。本当に俺だ。

動画のタイトルは、マモリの日記帳その一。

マモリって、うちの座敷童のマモリか？　だが、俺はマジで知らないぞ？

とりあえず動画を再生してみることにした。

すると、最初にマモリの姿が映し出される。カメラ位置的には、だいたいマモリの視線と同じくらいの高さだろう。マモリのほぼ真後ろにカメラが浮かんでいるようなアングルだった。

撮影する場合、カメラ位置をプレイヤーが自由にいじれるので、これも同じように撮影者の背後にカメラ位置を設定したのだろう。本当に、マモリが撮っているのか？

後ろ向きのマモリがトテトテとホームの廊下を走っている。そして、縁側から飛び降りると、クルリとカメラの方を向いた。

マモリがシュタッと手を上げて「あーいー」と挨拶すると、カメラがマモリから少し離れる。そして、周囲の光景も目に入ってきた。

ホームの庭だな。そしてマモリの周辺に、小さいデフォルメ河童、丸いフォルムのシーツオバケ、大きめのぬいぐるみチョウチョ、茶色い毛玉が映っていた。うちのマスコットたちだ。

「あーいーあーいー」

「バケバケバーケ！」

「カッパパー！」

「テッフテフ〜」

「モフモフ！　モフモフ！」

な、なんだこれ？　メッチャ可愛い！

その画像には、なぜかみんなでラジオ体操らしきものを始めるマスコットたちの姿が映っていた。

そういえばちょっと前に、適当にラジオ体操をしていたらマスコットたちが交ざってきて一緒に楽しんだ日があったけど……。まさかあれで覚えたのだろうか？

まあ、まともに動けているのは座敷童のマモリと、コガッパのタロウくらいだが。

モフフのホワンに関してはその場で手足をバタバタさせているだけだし、オバケのリンネ、テフテフのオチヨに至ってはフワフワと上下に動いているだけに見えた。

三毛猫のダンゴ、マメ柴のナッツは縁側から応援しているらしい。いや、ナッツが妙に規則的に吠えている。もしかしてメトロノーム的な役割なのだろうか？

そうやってしばらくの間、体操なのかお遊戯なのか分からない、マスコットたちの超プリティ映像が流れた。

最後はマモリが額の汗を拭いながら、満足げな顔で「あいー」と笑う映像で締めだった。

いや、暗転後、また始まったな。マモリが無人販売所にアイテムを補充している。しかも、ご丁寧なことに、補充する商品のテロップが流れていた。サクラ印の木製皿や、ヒムカ印の銅製コップ。クママ特製ハチミツなど、生産モンスの名前が分かる感じだ。私が作りました的な感じなのだろうか？

まるでうちの無人販売所のＣＭみたいな映像である。

背伸びをしながら品物を補充するマモリの姿は凄まじく可愛いかった。庇護欲がギュンギュンにくすぐられる姿である。

ただ、それを見て思い出した。

「そういや、数日前にマモリから行動承認とかいうのがきてたな」

マモリの特性の一つに「お手伝い」というものがあったが、これがなかなか有用な特性だった。なんとその名の通り、マモリが様々なことをお手伝いしてくれるという効果だったのだ。

例えばホームの掃除や、来客の出迎えのような簡単なものだけではなく、無人販売所の補充や、畑の草むしりのような簡単な生産の補助なども可能だった。

特に素晴らしいのが無人販売所の補充だろう。今まではギルドで人を雇っていたけど、それが必要なくなる。オレアも補充はできるけど、増えた畑仕事に集中してもらいたいしね。しかも、かなり細かく設定できるのだ。

何を優先にして、何を売ってはいけないか。補充の順番や、どの程度減ったら入れ替えるか等々、何十項目も設定を決めることができた。

まあ、そのせいで大分焦らされたが。実は強制ログアウト直前だったのだ。

大慌てで無人販売所の設定を終え、他のお手伝い可能項目も許可して、ログアウトしたんだが……。

多分、あの時かなり焦っていたので、お手伝いだけではなく、日記帳の公開的なものにまでチェックを入れて、許可を出してしまったのだろう。それしか考えられない。

動画は、マモリの一日を軽く紹介しつつ、無人販売所の宣伝も兼ねているといった感じか……。

カメラワークはマモリの任意なのかね？　メッチャ有能じゃない？

「動画が何で公開されたのか、ある程度納得したからいいとして……。なんで一位？」

確かに可愛いけど、視聴数が二位とは倍以上の差がついてるんだけど。そんなに凄い動画か？　うちのホームでマスコットがワチャワチャして、畑でマモリが仕事をする風景が少し映っているだけだぞ？

「いや、だってマスコット可愛いし。珍しいし」

「くくく……カメラワークも完璧」

なるほどな。確かにマスコットはまだまだ未知のモノだし、たくさん映っているってだけで興味は引くかもしれない。

実際、コメントには可愛い、欲しい！　といったものだけではなく、「屋敷ってどこ？」「ちらっと炬燵が映ってなかったか？」といったコメントも書き込まれている。まだ未知の物である日本家屋の情報が満載で、人の目を引くってことらしい。

「これって、ランキング上位だとお金とかがもらえるんだっけ？」

「そうだよ」

だったら、このままでもいいか。別に見られて困るような部分は映っていないし。というか、見られて困るところなんか何もないしな。

むしろこの動画、俺が欲しいんだけど。マモリに頼めばもらえるか？

第五章　神秘の地底湖

知らない間に動画ランキングで一位になっていた衝撃から立ち直った俺は、無事に地底湖に到着していた。

「うおー！　これは凄いな！」

「フムー！」

目の前に広がるのは、まさに幻想的という言葉が相応しい、美し過ぎる光景であった。

リアルでは早々お目にかかれない、様々な形の鍾乳石が連なった大空洞。そして、底まで見通せる澄んだ水を湛えた湖。

ただでさえ美しいその二つが合わさることで、冒し難い神秘さがその場を支配している。

プレイヤーの掲げる明かりに照らされた地底湖は、見る者に深い感動を与えることだろう。

ただ、今の俺たちは自前の明かりを用意していなかった。全員が手ぶらである。だが、問題はない。全員がその場で地底湖を見つめ、神秘的なその姿を目に焼き付けている。

「本当に湖面が光ってるんだな」

「フム」

「夜光虫とか、そういった生物が光ってるっていう設定らしいよ」

湖面が青白く輝いていた。これが地底湖で夜だけに発生するフィールドエフェクトだ。ゆらゆらと

揺れる青白い光が鍾乳洞を照らし、浮かび上がらせている。

「白銀さん、お初が青とはついてるね」

「日によって光の色が違うんだっけか？」

「うん。黄と赤と青があるんだ。全部綺麗だけど、私は青が好きだなー」

「これのおかげで、夜の方が探索しやすいんですよね」

「そのかわり、敵が増えるけど……くく」

昼は暗く、夜は敵が強い。なるほど、人によってどちらが得意かは分かれるだろうな。

「さて、景色も堪能したし、スクショもバッチリ撮った。そろそろ進むか」

「うん！」

「あ、湖に罠篭を設置していいか？　帰りに回収すれば、蟹がゲットできてるかもしれん」

「おお、いいねぇ！」

釣りも試したいところだが、あれは時間がかかるからね。今回は罠だけにしておこう。

「じゃあ、レッツゴー！」

「ヤヤー！」

頭の上にファウを乗せたクルミを先頭に、地底湖を進む。ファウはクルミの頭の上に寝そべりつつ、両角を掴んでいた。クルミのアフロがつぶれてしまっているけど、彼女に気にした様子はない。

それどころか、頭を軽く振って、ファウと遊んでくれている。

あの様子じゃ演奏はできそうもないが、楽しそうだからいいか。多分、巨人を操っている気分を味

わっているんだろう。

俺たちは、地底湖を見下ろす高台となっている入り口から、険しい坂道を下って湖の縁へと向かった。

地底湖は少々特殊なフィールドである。

まず、巨大な地底湖がドーンと中央に鎮座している。その地底湖に隣接するように、いくつか部屋があるのだ。部屋は洞窟で繋がっているが、地底湖を泳いで渡ることも可能であるらしい。

やり方次第では大幅なショートカットも可能である。

因みに、右回り左回り、どちらでも最終的にたどり着く場所は同じだった。

だが、分かっているのはそこまでだ。ここは未踏破のダンジョンなのである。第五エリアの中で、まだクリアされていないのはこの地底湖だけであった。

最初の頃は多くのプレイヤーたちが攻略を目指していたらしいが、今ではすっかり過疎ってしまった。攻略の目途が立たないうえに戦闘がしづらいここよりも、踏破方法が解明された他のエリアから先に進んで戦う方が効率がいいからだ。

アミミンさんが隠し通路を見つけたと話題になっていたが、そこも結局は行き止まりで攻略には繋がらなかったらしい。

「絶対に何かを見落としているはずなんだけど、それが分からないのよね」

「くくく……ボスも出ないのよ」

敵は倒しづらいし、ボスもいないから経験値やレアドロップもショボい。そりゃあ、プレイヤーも

寄り付かなくなるだろう。

それ故、この地底湖をメインに活動しているフィルマは、この場所に限って言えばトップのプレイヤーと言っても過言ではなかった。

現在判明している通路などは完璧に頭に入っているそうだし、モンスターの行動パターンも熟知している。しかも水中での動きもトップクラスだ。フィルマ以上の戦力はそうそうないだろう。

実際、今も水中に潜って魚型のモンスターと戦闘を繰り広げている。お供はルフレだ。

水の透明度が高いおかげで俺たちにもその姿が鮮明に見えるのだが、フィルマの動きは確かに際立っている。

高速で泳ぐ魚の突進を銛で捌きながら、的確にダメージを与えていた。一度も被弾していない。

俺ではとてもじゃないが付いてはいけないだろう。完全に足手まといだ。

ノーダメージで魚を倒しきったフィルマが、水面に上がってきた。

「ぷはー。すごいですよ！　白銀さん！」

「うん？　何がだ？」

「ルフレちゃんです！　水中行軍スキルのおかげで、いつもより動けたんです！」

「フム！」

ルフレの持つ水中行軍の効果がフィルマにも及んでいるらしく、水中でいつもより素早く動けるらしい。

俺は役立たずでも、ルフレが役に立っているのであればよかった。褒められているルフレも、誇ら

しげだ。

「これなら、いつもよりも深い場所にも行けそうです！」

地底湖の最も深い場所は魚型モンスターの巣窟になっており、なかなか落ち着いて探索ができないらしい。目視では何もないことは確認されているし、死に戻り覚悟で特攻したプレイヤーたちもいるそうだが、結局何も発見されてはいないという。

「でも、絶対に何かあると思うんですよね。もう、あそこしか残ってないし……」

ということで、湖底の探索をフィルマたちに任せることにした。俺たちはお留守番だ。だって、足手まといだし。

「じゃあ、釣りでもして待つか」

「うんうん。戻ってきたフィルマに、美味しい料理を食べさせてあげましょう！」

「くくく……料理をするのは白銀さんだけど」

クルミとリキューと並んで、釣り糸を垂らす。フィルマに付き合って地底湖によく来るため、二人とも水泳、釣りスキルは取得済みであるそうだ。モンスたちの分の釣り竿も、彼女たちが貸してくれた。

この釣り竿、釣りスキルが付与されており、誰でも釣りが楽しめるという素敵アイテムだった。

「なあ、そういえばアミミンさんの見つけた新しい通路って、どこなんだ？」

「こっからでも見えるよ。ほら、あそこ」

「どれだ？」

「あそこだよ。ほら、鍾乳石が少し途切れてる場所。あそこに小さい穴が開いてて、先に進むと小部屋みたいになってるんだ」

クルミが指差すのは、天井近くに口を開けた小さい横穴だった。俺には単なる窪(くぼ)みにしか見えない。他にも似たような穴はあるし、特別なものには思えなかった。しかし、その先には確かに通路が存在しているそうだ。

「あんなの、よく見つけたな」

「鳥モンスが見つけたって言ってたよ」

「なるほど。でも、あんな場所、どうやって登る?」

「アミミンさんは、飛べるモンスにロープを結んでもらって登ったってさ。普通のプレイヤーでも、壁を登れば行けるよ。一見すると無理そうだけど、ちゃんと登るためのルートがあるんだ」

俺たちなら、ファウやアイネがいればどうにかなるかもしれない。

「一時期は大勢のプレイヤーが押しかけて、他の穴も調べたんだけど、結局なにも見つからなかったんだよね」

「そうなのか」

いったい、プレイヤーたちはなにを見逃しているんだろうな?

クルミたちとあれこれ推論していると、不意に肩に乗っていたファウが俺の頬をペチペチと叩き始めた。

「ヤー!」

「ど、どうしたんだファゥ？」

「ヤヤー！」

「白銀さん！　竿が引いてるよ！」

「なに？　本当だ！」

適当に垂らしていた釣り糸に、当たりがあったのだ。ファゥはそれを教えてくれていた。

慌てて、釣り竿を上げようとしたんだが――。

「逃がしたか」

「ヤー」

「残念だったねぇ。結構おっきそうだったよ？」

「くくく……残念」

そう言われると、ちょっと悔しいな。

「よし、次は絶対に釣りあげる！」

「ヤー！」

そうして気合を入れた俺は、再び釣り針を湖へと投げ入れた。

俺が真剣に釣りを始めたからか、うちの子たちも真面目に釣りをし始める。すると、いつの間にか勝負の様相を呈していた。

誰が一番最初に釣れるか、全員が本気である。だが、俺を舐めてもらっては困るのだよ！

「きたきたきた！　フィイィッシュ！」

「ヒムムー！」

「フマー！」

「――――！」

俺に先を越されたヒムカとアイネは悔しそうである。ふっふっふ、釣り勝負は俺の勝ちだな！

まあ、装備の差だけど。

そもそもヒムカとアイネ、サクラは釣りスキルを持っていないので、本来であれば釣り竿を使うことさえできない。釣りスキルが付与された竿で、無理やり釣りをしている状態なのだ。そのため、釣りスキルがLｖ１程度の効果しかなかった。

対して俺の釣りスキルは１５。高いとは言えないが、色々な場所でちょっとずつ遊ぶことで、ジワジワ育ててきたのである。正直負ける気がせんのだよ！

「くくく……白銀さんが三位ね」

「おめでとう！」

まあ、リキューとクルミはすでに五匹くらい釣りあげているんだけど！

「――――！」

「ヤヤー！」

サクラもファウもやめて！　そんな俺が優勝したみたいに喜ばないで！　ファウはそんな荘厳な音楽かき鳴らさなくていいから！

釣れた魚は、地底湖魚というそのまんまの名前の魚である。

「これ、食べられるのか？　食用ってなってるけど……」

そう呟いてしまうほど、その色はカラフルだった。大きさや形はほぼアユなんだが、その色合いはグッピーよりもさらに派手だ。鱗は赤や青、黄色のものがランダムで配置され、尾や背のヒレなどもドぎつい原色に染められている。

個体によって色合いが違うようだが、派手なことに変わりはなかった。

「まだフィルマは戻ってこないし……。とりあえず釣った魚を料理してみるか」

「くくく……刺身……」

「刺身？　一応、川魚に入ると思うけど……」

まあ、ゲームの中だから寄生虫も大丈夫かな？　リクエスト通り、刺身にしてみるか。味を見るのにもちょうどいいし。

そう思って、刺身にしてみたんだが――。

「ぶぶぅ！　まっず！　超不味いんだけどこれー！」

「な、なんだこりゃ！　くそ不味い！　苦いし生臭いし！」

おいおい、生ゴミ口に入れたみたいなんだけど！　食用ってなってたじゃないか！　なんでだよ。切っただけだから、不味くなりようもないだろ！　最初から不味いとしか思えないんだが……。

しかし、俺とクルミが悶絶する一方で、リキューが何かを企むような不敵な顔で笑っていた。

「くくく……美味……」

「ちょ、リキューがあんな幸せそうな顔で笑ってる！　あんた、舌までおかしくなっちゃったの？」

あれはリキューなりのハッピースマイルだったらしい。

「だ、だいじょぶなのか？」

「くくく……何が？」

強がっている様子はなかった。どうやら本当に美味しいと感じているらしい。クルミがリキューの皿に載っていた刺身をつまみ上げると、恐る恐る口に入れる。

「お、おい。クルミ、大丈夫か？」

「もぎゅもぎゅ……美味しい！　これ美味しいよ白銀さん！」

「え？　まじか？」

その言葉を聞いて、俺もリキューの皿から刺身を貰って食べてみた。先程の強烈な不味さを警戒していたんだが、その刺身の味は全く違っていた。

ねっとりとした甘い脂と、ほんのり甘い身。サーモンそっくりの味だった。文句なく美味しい。

「リキュー、これ食べてみろよ」

「くくく……おえ……なにこれ……」

やはりリキューの舌がおかしいわけじゃなかった。俺の皿の刺身を食べたリキューが、即座に吐き出している。

意味が分からず首を傾げていると、クルミが「あっ！」と小さく叫んだ。

「どうしたんだ？」

「思い出した！　そういえば、ヒレの色で味が変わるって……！　確か掲示板に書いてあったよ！」

その後詳しく調べてみると、どうやら地底湖魚にはヒレが赤、青、黄の三種類がいるようだった。鑑定などの表記では違いがないんだが、ヒレの色で味が全く違うらしい。

しかも、その味は日替わりだ。なんと、湖の光の色と同色のヒレの魚が美味しく、違うと不味くなるという。

今回はリキューの刺身だけ、青ヒレの地底湖魚を使ったようだ。まあ、その辺は全く覚えていないが。

「とりあえず、もう一度青い魚を刺身にしてみるか」

そして実験をした結果、やはり青ヒレの魚だけが美味しいということが判明したのだった。

不味い刺身は釣りの餌にしてみたが、一向に釣れない。魚さえ食べないということなんだろう。しかも、試しに美味しい刺身を使ってみたら普通に釣れるのだ。

バフ付き料理を使うなんて勿体ないって騒がれたけどね。まあ、すぐに新しいのを作るから許してくれ。何せ、美味しい刺身を使ったら、青ヒレばかり釣れたのだ。三分の三だ。偶然だろうが、ラッキーだったたな。

そんなことをしていると、フィルマとルフレが戻ってきた。満足げではあるが、ちょっと悔しそうでもある。

「あー、楽しかった！」

「フム！」

「でも、新しい発見はありませんでした」

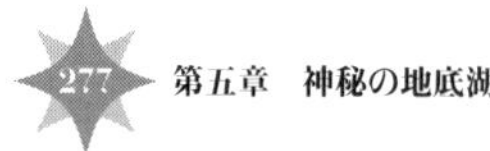

「フムー……」

ルフレの補助を得たフィルマでも、目新しい物を見つけることはできなかったらしい。

「すみません白銀さん。お待たせしたうえ、ルフレちゃんまで貸していただいたのに成果はありませんでした」

「フム！　フムム！」

謝るフィルマの背中をポンポンと叩いたルフレが、魚を数匹取り出してアピールしている。フィルマを慰めつつ、成果がないわけじゃないと言っているんだろう。

「まあまあ、新発見がそうそう簡単に見つかるわけないって。それに、ルフレも楽しかったみたいだから、むしろ俺の方こそお礼を言いたいくらいだ。なあ、ルフレ？」

「フムー！」

「あは。ありがとうルフレちゃん」

とはいえ、やはりフィルマは少し元気がない。これは、美味い刺身を食べさせてやらねば。幸い、ルフレの獲ってきた魚は青ヒレだ。他にも、塩焼きとかにしてみるか。

だが、その前に、俺たちの苦しみも共有してもらわんとなぁ？　クルミとリキューに軽く目くばせすると、二人が同時に頷いた。俺たちの心は一つであるらしい。

「まあ、とりあえずこれでも食って、元気出せよ」

「くくく……ほっぺたおちるわ」

「すっごい美味しいよ！」

俺たちは、青くないヒレの魚の刺身を、満面の笑みでフィルマに差し出すのであった。

それから一時間後。

地底湖の畔の岩に腰かけながら、青く輝く鍾乳洞を眺める。全く飽きが来ない。いくらでも見ていられる。

「ララ～ラララ～♪」

幻想的な雰囲気の地底湖でファウの奏でる音楽を聴きながらお茶をするなんて、なんて贅沢なひと時だろう。

リポップしたモンスターと二度ほど戦闘になった以外は、長閑(のどか)なものだ。しかも、リポップ直後にクルミの奥義で撃破されたし。

ただ、まったりしている俺たちの横で、リキューは難しい顔をしていた。

「なんだ？　まだフィルマに怒られたこと気にしてるのか？」

「フィルマがあんな怖い顔するからー」

「え？　ごめんなさい！　さっきはちょっと言い過ぎたかも……」

「……ちがうわ。魚の色のことよ」

あのリキューに呆れた顔された！

どうやら地底湖の謎について、色々と考えていたらしい。

「……やはり、色が関係しているのではないかしら？」

「ここの攻略にってこと？」

「ええ」

「まあ、こんなフィールドギミックがあるのはここだけだし、それはあるかも」

「魚の味が変わるだけなわけがない……くくく。そう思うわ」

「うーん、そりゃあ、そうかもね」

リキューの言う通りかもしれなかった。

日によって変わる湖面の光。それによって味の変化する魚。さらに、出現する突撃ヤマメというモンスターにも色違いが存在している。これは何かあって当たり前だろう。

しかし、このへんの議論は散々されているらしい。様々な検証も試みられている。それでも、先に進む方法が見つかっていないのだ。

「白銀さんは、可能性としては何があると思う？」

いきなり話を振られてもな……。

「まあ、定番だけど、対応する色の突撃ヤマメを一定数撃破とかじゃないか？」

「でも、それだったら試してる人いそうだけど？」

「まあ確かに。だったら、対応する色の地底湖魚を一定数入手は？」

「うーん……。漁をしてる人もいるから、そういう人たちが条件を満たしてないわけないと思うよ？」

「そりゃそうか……」

これくらいは誰でも考え付くよな。ただ、フィルマが顎に指を当てて考えている。

「もしかして、あのヒレの魚だけを狙わないといけないんじゃないですか？」

「どういうことだ？」

「いえ、ここで魚を獲る場合、ほとんどの人は釣り竿か投網を使いますよね？　そうすると、他の色の魚も獲れちゃうじゃないですか？」

つまり、外れの魚は一切無視で、青ヒレの魚だけを連続で獲らないといけないってことか？

「それって試してる人いないのか？」

「うーん、どうだろう。でも、それをするには素潜りをしないといけないでしょ？　だとすると、結構難しいんじゃないかな？」

素潜りで魚を獲るだけならともかく、この地底湖にはモンスターが出現する。そこで素潜りを続けるのは、呼吸時間的にも、戦闘力的にも非常に難しかった。

水中で活動するためのスキルはたくさんあるが、無限に水中で活動し続けられるスキルはまだ見つかっていない。それができるのは、最初で種族をネレイスにして、鰓呼吸を手に入れたプレイヤーだけである。

しかし、地上ではステータスにマイナス補正がかかるネレイスは非常に不人気種族であり、第一陣では七人しかいないそうだ。

しかもその種族的不利から、地底湖に到達しているプレイヤーもフィルマを入れて数人なので、素潜りで青ヒレの魚だけを狙うというのは相当難しいのではないかということだった。

「ただ、それだと俺たちは全然役に立たないぞ？　そりゃあ、一応潜ってはみるけど、またフィルマに負担をかけることになるんだが？」

「ふふ。むしろもっと潜っていられるんなら嬉しいくらいですよ？　ねえルフレちゃん？」

「フム！」

泳ぎが好きな人にとっては、全然負担ではないらしかった。その笑顔を見れば、むしろ嬉しいという言葉は嘘ではないだろう。

ルフレもニッコニコだ。今後は、もっと水辺に連れてきてやった方がいいかもしれない。いや、庭の池で十分か？

「じゃあ、行きましょう！」

「フムー！」

ということで、俺たちは青ヒレの魚だけをゲットするために、地底湖に潜るのだった。ルフレの水中行軍と水泳スキルのおかげで、意外と泳げる。それでも、陸上よりはやはり動きづらいが。

しかも俺はまだましな方で、うちのモンスたちは完全についてこられなかった。泳げてはいるが、全然遅い。これでは、モンスターとの戦闘では苦労するだろう。

仕方ないので、モンスたちは陸上で待たせることにする。

これがダンジョンであれば、こんなに離れることはできない。しかし、フィールド扱いのこの地底湖であれば、ある程度離れてもパーティは解消されないのである。

アクアラングの術も使い、俺は湖面をゆっくりと泳いでいった。すでにフィルマとルフレは湖底付近を滑るように泳いでいる。マーメイドかペンギンか。とにかく俺とは全く動きが違っている。

羨んでも意味ないし、俺は俺のやれることをしよう。そう思いながら青ヒレの魚を探すんだが、なかなか見つからない。目の前に出てくるのは、赤ヒレか黄ヒレだけである。

しかし、ルフレはすでに青ヒレを何匹も捕まえているらしい。もしかして、水深が深い方が青ヒレが多いのだろうか？

時おり突進してくる突撃ヤマメをリキューたちと一緒に倒しながら、俺は魚を捕まえていった。地底湖魚はその動きが非常に遅いので、俺たちでも何とか捕まえられるのだ。

しかし、何も起こらない。すでに二時間くらいは経過している。全部で一〇〇匹以上は捕まえただろう。

俺たちの行動が正解であれば、何か変化があってもおかしくはなかった。

「一度、陸に上がるか」

「そうだね。さすがに疲れたよ」

俺はクルミたちと一緒に水から上がると、何がダメなのか話し合う。

「やっぱり、魚じゃないのかな？」

「でも、魚が鍵なのは確かだと思うんだが……」

「あ～、白銀現象起きずか～」

「なんだそりゃ？」

「白銀さんと一緒だったらなんか凄いことが起きて、イベントが進むかなーって」

「いやいや、そんなわけないだろう。何度か発見はしたことあるけど、ほぼ運だからな」

ここみたいに、ちゃんとした検証が必要な場所では役に立たないだろう。俺なんかよりも、検証組を連れてくるべきだ。そう言おうとした、その時だった。

「くくく……あれ、見て」

「え？」

「ちょ、何か光ってるけど！」

リキューが何やら湖を指差している。そっちに目を向けると、驚きの光景が目に入ってきた。なんと、湖の中から細い光の柱が立ち昇っていたのだ。

「え？　ええええ？　ありゃ、なんだ？」

「白銀現象キター！」

俺というか、フィルマが何かしたんだろう。

地底湖から立ち昇る光の柱を目撃した俺たちは、慌てて水中に顔を突っ込み、光の出所を探った。

湖の縁に膝をついて、顔だけ水の中に突っ込む三人組。はたから見たらさぞ間抜けだろう。

俺たち三人の目には、フィルマが猛スピードで湖面に向かって上がってくるのが見えていた。

「ぷはー。これ見て！」

湖面に上がってきたフィルマは何かを手にしているではないか。それはソフトボールほどの珠だ。

光の柱は、フィルマが手にしているその珠から立ち昇っていた。

意外と眩しくないのは、光が全部上に向かっているからだろう。

「すごーい！　光ってる珠だ！　どこで見つけたの？」

「ルフレちゃんのおかげです！」

青ヒレを捕まえるためにルフレと一緒に地底湖魚を捕まえていたのだが、ふとルフレの動きに違和感を覚えたのだという。

そして少し観察していると、ルフレの泳ぐコースが一定であることに気づいたらしい。というか、青ヒレの泳ぐコースが決まっており、ルフレがそれを追って延々と同じコースを泳いでいたのだ。

さらに、フィルマにはもう一つ気づいたことがあった。戦闘中に一定のダメージを受けた突撃ヤマメが、後方に下がってＨＰを回復する行動を取るのだが、その時に同じ場所に逃げ込むのだ。

しかもその場所は、青ヒレの地底湖魚の巡回コースと重なっていた。

そこで、その場所に何かないかと調べたところ、湖底の岩の隙間に穴が開いていることに気づいたらしい。

俺たちも湖に入って、青ヒレ地底湖魚の動きを観察してみた。だが、赤ヒレ黄ヒレがたくさんいるせいで、ここからではいまいち分からないな。

湖底まで潜らないと発見できないってことなんだろう。

「そして、穴の中を覗き込んだら、この珠が入ってたんです！」

「凄いね！　でも、よく撃破しないで、追い返すなんて面倒なこと考えたねぇ」

「最初は倒してたんだけど、もしかして青ヒレしか倒しちゃいけないのかと思って」

青ヒレの突撃ヤマメ以外を追い返すことを繰り返していたことで、違和感に気づけたらしい。普段

だとそんなことをする余裕はないが、今回は回復が間に合ったおかげで何とかなったそうだ。

「ルフレちゃんがいてくれたおかげです」

突撃ヤマメは攻撃力が高い反面、非常に打たれ弱く、あえて逃がそうと考えるプレイヤーはいないだろう。そもそも、水中で複数の突撃ヤマメ相手に、そこまで余裕がある戦いのできるパーティも少ない。

できたとしても、その動きに違和感を覚えるほど長時間潜っていられないのだろう。

「色々とお手柄だぞルフレ」

「フム?」

こりゃあ分かっていないな。

「しかし、今まで誰も気づかなかったのか?」

「うーん、青ヒレの魚だけを一定数捕獲するとか、その辺がキーになって変化するんじゃない?」

つまり、何かキーになる行動を取ったうえで、魚やモンスターの動きの変化を察知し、フィルマが発見した小さな穴ってやつを見つけないといけないわけか。

「くくく……下手したら、穴の位置が時間で変化するとか、もあるかもしれないわ」

「あーそれは面倒だな」

「それにしてもこの珠、なんだろうね?」

「くくく……殺人ヤマメの卵?」

「突撃ヤマメじゃなくて?」

「ええ……もしかして、あれかしら？　くくく」

「「あれ？」」

俺とクルミが同時に、リキューが指差した方を見る。すると、巨大な影がこちらに向かって泳いでくるところであった。まるで某殺人サメ映画のように、ヒレだけが水上に出ている。

「ボ、ボスか？」

「多分そうでしょうね」

「みんな、一度陸に上がるよ！　フィルマはどうする？」

「私はここで時間を稼ぐよ。少しずつみんなの方に誘導してみるね」

「分かった！」

俺たちがここで戦っても、フィルマの足手まといになるだけだ。

ここはとりあえず彼女に任せて、俺たちは湖から上がるのが先決だった。

だが、フィルマだけを残すのは気がかりだったので、ルフレも残す。ルフレの回復があれば、フィルマが死に戻る可能性は低いはずだ。

「ルフレ！　フィルマを守れ！」

「フムー！」

任せてと言わんばかりにウィンクをするルフレに後を任せ、俺たちは陸地に向かって泳いだ。

その途中、俺たちは作戦を話し合う。

「俺たちは、上から攻撃か？」

「それしかないと思う。私たちが水中ボスとまともにやり合えると思えないし」

「くくく……大丈夫よ……地上からでも倒せるはず」

リキューがやけにハッキリと断言したな。

だが、話を聞いてみれば至極当然の理由であった。

「くくく……まだ序盤だから」

「最初の水中ボスが、水中戦でしか倒せない仕様だったら絶対に詰むもん。南だけ放置されて突破されないなんてことになりかねないじゃん？　このゲームはそこら辺のバランスに気を使ってるし、地上からでも倒す手段が絶対あるはずだよ」

「なるほど。そりゃそうだ」

このゲームは、良くも悪くもバランス重視だ。特に戦闘システムではその色が強い。まあ、俺は実感したことないけど。

初心者やユルゲーマーに優しいという反面、ヌルゲーと言われることもあるらしい。俺は実感したことないけど！

それを考えれば、ボスといえど序盤からそこまで鬼設定である確率は低いだろう。

「今はフィルマがタゲ取ってくれてるから、私たちは遠距離攻撃だね。あとはもう、流れでやるしかないかな……。情報がないし」

「くくく……私の爆弾も大盤振る舞いよ」

「まあ、今回は仕方ないね」

「名前は殺人ヤマメってなってたよな。突撃ヤマメの上位種なら、似た攻撃もしてくるんじゃないか？」

「確かにあり得るね。突進と、口から吐く水鉄砲。あとは尾ビレアタック？」

「ボスだから他にも隠し玉がいくつもあるだろうがな」

そのままヒムカたちに部屋に引き上げてもらいながら、俺たちは準備を開始した。まあ、陣形を組んで、ＨＰＭＰを回復させるだけだが。ああ、あとはバフ料理もその場でかきこんでおいた。

「フィルマー！　準備できたよー！」

クルミがそう叫ぶと、フィルマに伝わったらしい。

泳ぎながら段々とこちらに近づいてきた。宣言した通り、殺人ヤマメを攻撃しやすい位置に誘導してくれている。

「よーし、やるよー！」

「くくく……焼き魚にしてやるわ」

先制攻撃は、リキューの爆弾だ。ボス戦用なのか、かなり大きい。道中で何度か使っていた、雑魚用の小型爆弾とは明らかに一線を画すサイズだ。

「くくく……くらいなさい」

リキューが手首のスナップで放り投げた黒い玉が、水面に触れると同時に凄まじい爆炎を撒き散らしていた。水中にいる大きな影が、ビクリと震えて暴れる。

水中の相手にもダメージが入るらしい。

離れた場所にいる俺たちにまで、爆風が押し寄せる。ファウやリックが俺のローブに掴まって、耐えなければ転がってしまうほどの風圧があった。

それでも、リキューの爆弾を見たことがある俺たちからすれば、ちょっと威力が低めに思えてしまうから不思議だ。

何せ、リキューの爆弾といえば超高威力、超広範囲。気を抜くと使用者が巻き込まれるという、凶悪仕様なのだ。

それなのに、今回は自爆もしなければ、爆炎で視界が塞がれたりもしない。リキューが対ボス用に使う爆弾にしては、普通過ぎないか？　もしや、ＴＰＯを弁(わきま)えるようになったのか？

「くく……やっぱり水で威力が下がるわね」

「ああ、そういうことか」

火炎系の爆弾は、水に触れると威力が大幅に下がってしまうようだ。リキューが成長したわけではなかったらしい。だよね。だってリキューだもんね。

「ここ、戦いやすいかも！」

「え？　クルミ、水中じゃハンマー使いづらいんじゃなかったか？」

「リキューの自爆を心配する必要がないから、精神的に楽ってことだよ！」

「そ、そうか」

「うん！」

そんな笑顔で……。よっぽどリキューに苦労させられてきたのだろう。その苦労を想像すると、ちょっと切なくなってしまったぜ。

「どうしたの白銀さん？　変な顔しちゃって」

「いや、なんでもない。頑張ってボス倒そうな！」

「え？　う、うん」

ただ、始まったボス戦ではあまり苦戦はしなかった。

水中のフィルマが気を引いてくれているおかげで、こちらからは悠々と攻撃ができる。ルフレも、回復するのがフィルマ一人だけで済むので、余裕を持って支援をし続けられるらしい。

水中のフィルマがボスのターゲットを保持しつつ、陸上の遠距離攻撃で削る。もしかして運良く最適解を引き当てたかと、クルミたちと盛り上がったほどだ。

そもそも、ここは第五エリアだ。三人娘からしたら、かなり格下のボスなんだろう。時折水際まで近寄ってきた殺人ヤマメをクルミがぶん殴るだけで、相当なダメージが蓄積されている。

三人娘には及ばずとも、俺たちも頑張っているぞ？

俺、サクラの樹魔術に、リックの木実弾と、弱点属性が揃っているのだ。水面へと上がってくるたびに、少しずつボスのＨＰを削っていく。

「サクラ！　リック！　この調子だぞ！」

「――――！」

「キュー！」

だが、相手は未見のボス。やはり一筋縄ではいかなかった。

ＨＰが五〇パーセントを切ったところで、行動パターンが変化したのだ。

「ギョギョオォォ！」

「ヒムー！」

「大丈夫かヒムカ！」

「ヒムム……」

殺人ヤマメが口から水弾を吐き出し、ヒムカを攻撃していた。今まで使っていた水鉄砲ではなく、さらに威力の高い水の弾丸だ。

ボスの初見行動に対応しきれず、ヒムカが直撃を受けていた。

殺人ヤマメはさらに水の弾丸を吐き、俺たちへと攻撃を仕掛けてくる。

「急に攻撃が激しくなってきたな！」

「くくく……地上優先？」

リキューの推測が正しいかもしれない。フィルマは殺人ヤマメを攻撃し、きっちりヘイトを取ろうとしている。それなのに、俺たちへの攻撃は止まなかった。

どうやら、陸上の相手を優先的に狙う方向へ、行動がシフトしたらしい。

「白銀さん！　もっと後ろに下がって！　攻撃よりも、援護と回復に専念してもらっていい？」

「了解だ！　そっちも気を付けろよ！」

「任せておいて！」

「奥の手を使うわ……くくく」

「いや、リキューは今まで通りでいいからな？」

「うんうん。そうだよ！」

「くくく……遠慮はいらないわ」

俺たちの言葉くらいで止まるリキューではなさそうだ。

「ともかく！　ここからが本番だからね！　やるよ！」

「おう！」

その後、数分ほどはなんとか戦うことができていた。

クルミが最前線で攻撃を引き受け、リキューとフィルマが少しずつダメージを与えていく。

だが、ダメージが蓄積した殺人ヤマメが、さらに厄介な攻撃を繰り出してきた。

「ギョギョァァ！」

「げぇぇ！　でっかい波が……！」

殺人ヤマメが急に横を向いたかと思うと、その全身を大きくくねらせる。

すると、湖面が大きく揺れ、巨大な波となってこちらへ押し寄せていた。高く広い波は、回避することが不可能な規模である。俺たちが立っている足場全体が呑み込まれる大きさだったのだ。

慄(おのの)く俺たちの前で、クルミとリキューは冷静に見える。さすが有名プレイヤー！

俺が感心していると、二人が身構えた。

クルミはハンマーを大きく振りかぶり、リキューがひと際大きな爆弾を取り出す。

どうやら強い衝撃で波を打ち消すつもりであるらしい。

「ブラスト・ハンマー！」

「くくく……リキュースペシャルスーパー」

襲いかかってくる波に向けて、二人が渾身の一撃を放った。

「どっせぇぇぇぇぇいっ！」

「くく……爆！」

クルミのハンマーが波を打ち砕き、リキューの爆弾が波に大穴を開ける。

一瞬、波を打ち消したかと思ったが……。そう上手くはいかなかった。クルミたちが開けた穴が瞬時にふさがり、大波が俺たちへと打ち寄せる。すっげー迫力だな！

「みんな！　手近な岩に掴まれ！　リックとファウは来い！」

「キュー！」

「ヤヤー！」

押し流されないように、俺たちは岩を掴んで身構える。

ドゴォォォという重低音と共に、俺たちの全身を水が包み込んでいた。

リックとファウを俺のローブに掴まらせなかったら、小さい二人はあっという間に流されていただろう。それほど凄まじい圧力であった。

「――――！」

「フマー！」

アイネはサクラに抱き着いて、波の圧力に耐えている。サクラは忍耐スキルがあるので、吹き飛ば

しなどに耐性があるのだ。向こうは大丈夫だろう。

数秒後、水の圧力が収まる。ダメージはそこそこだが、こちらの身動きを止める恐ろしい攻撃だった。これで水弾を喰らったら、回避もできずに、直撃してしまう。

俺は次の攻撃に意識を向け、殺人ヤマメの位置を確認しようとした。

だが、大波の効果はまだ終わりではなかったのだ。むしろ、恐ろしいのはここからだった。

地底湖へと引く水が、俺たちを強烈な力で湖側へ引っ張り始めたのだ。最初は足首ぐらいだったが、すぐに腰近くまで水嵩(みずかさ)が増す。

「やべー！　引き波に気を付けろ！」

「ヒ、ヒムー！」

後ろから聞こえた悲鳴に振り返ると、ヒムカの手が岩から離れたところであった。

水が弱点のヒムカは、大波によって硬直が発生してしまっていたらしい。

そのまま、地底湖へと戻る波に押し流され、引きずり込まれていく。

「ヒムカー！」

「ヒームー！」

ダメだ！　手を伸ばしたら、俺の体まで水に持ってかれる！

「ヒムム！」

ヒムカも必死に手足を動かしているが、激しい濁流にもみくちゃにされてまともに泳ぐことができないらしい。悲鳴を上げながら、地底湖へと運ばれてしまっていた。

しかも、ヒムカが流されていく先には、巨大な影が待ち構えている。

殺人ヤマメのターゲットは、完全にヒムカに向けられていた。

「ギョギョギョー！」

「ヒムー！」

殺人ヤマメの突進攻撃が炸裂し、ヒムカに大ダメージが入る。その威力は、水中にいたヒムカが、水上へと五メートル近く跳ね上げられるほどであった。

ヒムカのＨＰはレッドゾーンに突入している。あと一発食らえば死に戻るだろう。

「そ、送還！　ヒムカ！」

「ヒムー……」

危なかった。なんとか送還が間に合ったらしい。

殺人ヤマメの水弾が当たる直前、その姿が掻き消えた。

その代わりに、俺は新たな仲間を呼び出す。

「召喚！　ドリモ！」

「モグ？」

あ、やべ。いきなり戦場に召喚されて、戸惑っちまってる！

元々は観光にきただけだから、ボスと戦うつもりはなかった。当然、ドリモたち留守番組も、まさかボス戦の真っただ中に召喚されるとは思ってもなかっただろう。しかも、初見のフィールドである。

意味が分からないのも当然だ。

「すまん！　今はボス戦の最中だ！　あの水中のデカブツに、土魔術で攻撃を頼む！」

「モグ！」

さすが冷静さがウリのドリモさん！

すぐに状況を受け入れ、攻撃を開始する。ドリモが放つのは、土の弾丸を撃ち出す魔術だ。

相手が水の中にいるせいでダメージはさほどでもないんだが、うちのパーティでは貴重な遠距離攻撃である。

そうして、少しずつボスの体力を削っていると、再びその巨体が横を向いた。

あの姿はもしかして――？

「さっきと同じ！　波が来るよ！」

「やっぱそうか！」

クルミの警告通り、殺人ヤマメは再び大波攻撃を繰り出す。

今度も何とか岩に掴まって耐えようとしたんだが、先程よりも波の威力が凄かった。

クルミたちが波への攻撃ではなく、防御を優先したからだろう。どうやら先程の波は、二人の攻撃のおかげで力が減衰していたらしい。無意味ではなかったのだ。

「ヤー！」

「ファウ！　まずい！」

「キキュ！」
リ、リックー！　いや、リックさん！

なんと、リックが手を伸ばして、流されかけたファウを救っていた。尻尾と右手で俺の腕に掴まりながら、左手でファウを繋ぎ止めている。

「キ……キュー！」

しかも、そのままファウを引き寄せ、俺のローブに掴まらせた。凄いぞ！

しかし、その代償は大きかった。

「ギ……ギキュー！」

「リックー！」

「ヤヤー！」

ファウを助けた代わりに、リックが流されてしまったのだ。今度はファウが手を伸ばすが、リックには届かない。

リックはなぜかサムズアップしながら流されていった。

自分のことは気にするなって意味か？　くそ、リックの癖にカッコいいじゃないか！

だが、マジでどうするべきか？

すぐに送還した方がいいか？　それとも、死に戻りしないと信じて、ルフレに回収してもらう？

悩んでいると、リックのマーカーの動きがおかしいのが分かった。

凄まじい勢いで、ボスへ向かっていく。流されていたヒムカの倍近い速度だ。あえてボスへと泳いで近づこうとしているとしか思えない。

どうやら、何かをしようとしているようだ。これは、少し様子を見る方がいいだろう。

数秒後、リックのＨＰバーがレッドゾーンに突入するのが見えた。

接近し過ぎて、殺人ヤマメの体当たりを食らったのだろう。だが、その代わりに、水中から発せられた強烈な閃光とともにボスのＨＰが僅かに減っていた。

多分、リックの持つ木実弾スキルで、光胡桃を投げつけたのだろう。現状、木実弾で最も威力が出る攻撃なのだ。水中では威力が下がってしまうはずだが、至近距離であれば地上と変わらないらしい。

「リック、ありがとうな！　休んでくれ！」

最後に意地を見せたリックを送還し、俺は代わりにオルトを呼び出す。

「ムッムー！」

「オルト！　敵は大きな波を作る相手だ！　土魔術で壁を作って、波を防いでみてくれ！」

「ムムー！」

さっき送還したヒムカが、状況を説明してくれていたのだろうか？　オルトは召喚後に戸惑う様子もなく、即座に動き出していた。

オルトは攻撃力がない代わりに、土魔術を使った陣地構築が得意だ。

その能力で、即席の防波堤のようなものを作れないかと考えたのである。

俺の指示に従い、オルトが土魔術を発動した。ボスと俺たちの間に、土の壁が生み出される。高さは二メートルほどで、幅は一メートルほどだろう。

しかも、さらにその壁に土魔術を使用し、硬度を上げている。かなり強固に思えるが、厚みはさほどでもない。これで、あの大波に耐えられるか？

ただ、オルトも俺と同じ心配をしたらしい。腕を組みながら壁の周囲を歩き、匠の目で見分していた。右手を顎に添え、長考の構えである。

うむ、悩むオルト、可愛い。ここがボスフィールドじゃなければ、スクショの一枚でも撮りたいところだ。

「オ、オルト。少し急げるか？」

「ム！」

左の手の平をこちらに突き出し「ちょっと待って！」のポーズである。

「いや！　マジでそろそろ大波攻撃来そうだから！」

「ムー……ムム！」

どうやら解決方法を思いついたらしい。手をポンと打った。

だが、無情にもクルミの警告が響く。

「またくるよ！　白銀さん！」

「オルト！　やばいぞ！」

「ムムー！」

俺の焦りの声に応えるように、オルトは再び土魔術を発動していた。最初に生み出したものと同じような土壁を、ピッタリとくっつくように連続で生み出していく。

三重の土壁を合体させることで、一枚の分厚い壁にしたのだろう。さらに、それだけではない。三重壁の前に、柱のような細い壁を二本、少し離して作り出していた。波消しブロックのような役割な

のだろう。

「みんな！　壁の後ろに入れ！」

「ムムー！」

俺たちが壁に身を隠した直後、大波が襲ってくる。間一髪だ！

オルトが築いた壁は、凄まじい効果を発揮してくれていた。

押し寄せる波は壁に遮られ、俺たちには水飛沫程度の被害しかない。

引き波の量も少なく、足首くらいまでしかなかった。その代わり、土壁は波に削られて消滅してしまったが、また作ればいいのだ。

「オルト、ＭＰはどうだ？」

「ム！」

「よし、また頼む！」

「ムムー！」

大波に対する対策さえできてしまえば、その後は難しい戦いではなかった。マナポーションでオルトのＭＰを回復しつつ、堅実に殺人ヤマメを削っていく。

だが、殺人ヤマメの真の奥の手は、あの大波攻撃ではなかった。

そのＨＰが残り一割を切った時、その行動にさらなる変化が現れる。

「ギョギョォォォォォォォッ！」

「な、波乗りだとぉ！」

大波を起こした後、なんとその波に乗って、こちらへと突進してきたのだ。

オルトの土壁をあっさりと飛び越え、その後ろにいた俺たちに体当たりをしてくる。いや、体当たりというか、真上から降ってくる感じだったが。

巨体によって弾き飛ばされ、俺たちは大ダメージを食らっていた。パーティ全員のＨＰが半分を切ってしまっている。

しかも、殺人ヤマメの行動はまだ続いていた。

「ギョギョー！」

陸上でありながら、体をくねらせて高速で動きやがったのだ。

その突進先にいるのは、アイネである。ここまで必死に挑発を続けてくれたことで、ヘイトを大量に稼いでいたのだろう。

「フ、フマー！」

やばい！　相手が速過ぎて逃げ切れん！

俺は送還をする覚悟を決めていたんだが、それよりも早くドリモが動いていた。

「モグモー！」

「ギョォォ？」

ドリモが真横から殺人ヤマメに体当たりをすることで、その進路をズラしたのだ。

「モグ……」

アイネへの直撃は回避されたが、ドリモは大ダメージを食らってしまった。波乗り体当たりと合わ

せて、たったの二回でドリモが瀕死である。うちでも防御、体力ともにトップクラスのドリモがあそこまで追い込まれるとは……。俺たちが直撃を食らったら、即死だろう。

しかも、殺人ヤマメは体をくねらせながら方向転換をしようとしている。再び突進してくる気だろう。

だが、これは絶好の機会でもあった。

「相手が自分から陸に上がってきてくれたんだ！　やってやるぞ！」

俺たちの最強の攻撃を、叩き込むチャンスである。

「ファウ！　攻撃上昇のバフを！」

「ヤー！」

「サクラ！　神通をドリモに使えるか？」

「――♪」

神通スキルは、パーティがピンチに陥らないと使用できないが、その分効果は凄まじい。ＨＰを回復し、対象のステータスを超上昇させるのだ。うちの最強アタッカーであるドリモが強化されれば、相当な威力が出るだろう。

「よし！　ドリモは竜血覚醒――は今日はもう使えないから、普通に全力攻撃だ！」

「モグ！」

「アイネは、ドリモの追い風を補助！」

「フマ！」

「オルトはみんなを守ってくれ！」

「ムム！」

俺は指示を出した後、モンスターアシストをドリモに使用した。モンスターの腕力と敏捷を上昇させる、テイマー固有スキルだ。

「モーグーモー！」

全員のバフを受けたドリモが、ツルハシを構えて雄叫びを上げた。いつものモグラボイスだから全然迫力はないけど、やる気は伝わってくるぞ。

「いけぇぇ！　ドリモー！」

「モグモォォォォ！」

うちのパーティの全てを結集した、今できる最高の攻撃だ。

今まで見たことのないほどの速度で駆け抜けたドリモが、そのツルハシをゴルフのスイングのように殺人ヤマメに叩き付ける。

「ギョオォォォ！」

「す、すげー！　凄いぞドリモ！」

「モーグ！」

なんと、殺人ヤマメの巨体が一〇メートル近く弾き飛ばされていた。そのまま、重力に引かれて地面へと落下し、轟音（ごうおん）が鳴り響く。

攻撃と落下ダメージを併せたら、殺人ヤマメのライフを五パーセント以上削っただろう。ボス相手

に、これだけのダメージを叩き出せる攻撃、そうそうないはずだった。

トップ層でも、攻撃重視のプレイヤーだけじゃないかな？

しかも、落下した衝撃によって、殺人ヤマメが硬直している。あとはもう、総攻撃あるのみである。

「みんな！　いけぇぇ！」

「――――！」

「モグモ！」

最後はクルミのハンマーがボスのＨＰを削りきり、俺たちは辛くも勝利を挙げたのであった。

「ギョッギョギョ～……！」

大きくのけ反った殺人ヤマメが情けない声を上げながら、ポリゴンとなって消えていく。

強敵だった。俺たちだけだったら、確実に最初の方で全滅していただろう。

「なんとか勝利したか……」

「ムムー」

「モグー」

「お前らもいい仕事してくれたぞ。ありがとうな」

「ムッム」

「モグモ」

オルトは満面の笑みで。ドリモはニヒルに笑ってくれる。

「いやー、まさか観光にきて、ボス戦になるとは思わなかった」

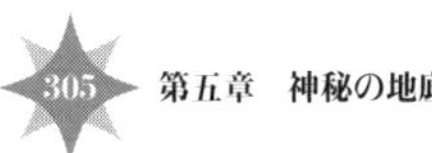

「あー、そこはごめんなさい。ついつい、いつものノリで、突っ走っちゃった」

「くくく……申し訳ない」

「いや、文句言ってるわけじゃないぞ？　むしろレベルが上がったりして、俺たちには得しかなかったし」


相手のターゲットを取り続けてくれたフィルマ。頼りになるタンクのクルミ。そして大破壊力の爆弾を投擲し続けてくれたリキュー。さすが有名プレイヤーたちだ。

そうだ。リキューの爆弾はかなり高価だったはずじゃ？　あれだけ使っては、勝利しても確実に赤字だろう。

しかし、爆弾の費用を支払おうと思ったら、巻き込んだのは自分たちだからと固辞されてしまった。それでも交渉して、ここで手に入れた素材などを多めに譲ることにしてもらったが。

俺としては、自分たちだけでは絶対に勝てないボスに勝利したうえ、レベルも上がった。しかもボスドロップまで入手できたし、得しかなかったのだ。


「ただいまー」

「フムー」

「ごめんね。ヘイトが全然取れなかったよ……」

「おかえり〜。フィルマたちが水中で削ってくれたから、戦いやすかったよ」

「くくく……グッジョブ」

「ほんと？　なら、頑張ったかいがあったかな」

「フム」

ただ、この後どうすればいいのだろう？　何せ、フィールドに特に変化はないのだ。殺人ヤマメの卵はイベントアイテムだったらしく、すでに消滅してしまっている。

悩んでいたら、いきなり視界に他のプレイヤーが現れた。まるで瞬間移動してきたみたいに。俺も驚いたが、向こうも驚いている。

だが、クルミたちは何が起きたのか理解しているらしい。

「あー、通常フィールドに戻ってきたね」

「くくく……ボスフィールドと通常フィールドが重なっているタイプ」

なるほど。ボスが出現した時点で俺たちはボスフィールドに送られていて、今通常のフィールドに戻ってきたのか。他のプレイヤーさんたちからしてみれば、俺たちの方が瞬間移動して現れたように見えているだろう。

他のフィールドだとボスエリアに足を踏み入れるとボス戦になるが、通常フィールドでボスが出現するここの場合は少し特殊であるらしい。

納得していると、周囲のプレイヤーの一人が話しかけてくる。

その顔には、期待と興奮が渦巻いているように見えた。

「な、なあ。もしかしてここの攻略法が分かったのか？」

「やっぱそうなのか！」

「し、白銀さんじゃんか！　だったら、まじで？」

周囲からワラワラとプレイヤーが集まってくる。過疎っているといっても、他にプレイヤーがいないわけではない。俺たちが何やらやっていて、いきなり姿を消した瞬間はそれなりに目撃されているだろう。

それを見て、地底湖の探索で何か進展があったと考える者は多いに違いない。

「ど、どうする？」

「ムムー」

俺たちが慌てていると、クルミたちがサッサと周囲に説明を行っていた。

「えーっと、進展はあったけど、私たちもログを見てみないと何がどうなったか分からないんで！でも、情報は早耳猫に売ると思うから！」

「す、すみません。ちょっと今はまだ確実なことが言えないんで……」

「ふっふっふっふ……」

リキューは延々と含み笑いをして周囲を引かせているだけだが。

ただ、有名プレイヤーである彼女たちに対して、無理な真似はできないらしい。取り囲まれたものの、散発的に質問を投げかけられる程度で済んだ。

本当に三人娘と一緒でよかった。俺だけだったら、囲まれて質問攻めにされていただろう。

「おい、お前行けよ――」

「やだよ、見守り隊が――」

「だよな。白銀さん――」

俺たちが包囲を抜けてもまだザワザワしている。というか、ほとんどのプレイヤーたちが後をゾロゾロと付いてくるが、フィールドを歩いているだけの相手に付いてくるなとも言えない。

とりあえず気にしないことにした。

「なあ、この後どうするんだ？」

ボスは倒したとはいえ、新しい道が出現したりもしているようには見えない。だが、クルミはちゃんと変化を発見していた。

「あれ見て」

「うん？」

クルミが天井を指差している。すると、岩の隙間から光の筋が伸びていた。

「お？　もしかして外から光が差してるのか？」

「きっとそうだよ！」

アミミンさんが発見したという隠し通路。その入り口から、明らかに夜光虫のものとは違う、光の筋が差し込んでいた。

すると、クルミが野次馬の一人を捕まえて、光の筋が見えるかどうか尋ねている。あれが、俺たちだけに見えているのか、全員に見えるのか確認したかったらしい。

その結果、俺たちだけに見えていると判明する。やはりボスを倒したことで何らかの変化があったらしい。

俺たちはそのまま、隠し通路に向かうことにした。ただ、野次馬はまだ付いてくる。これ、このま

ま連れていくのか？　そう思っていたら、クルミが再び口を開いた。

「うーん、ヒントあげちゃおっかな？　白銀さん、いい？」

「え？　ああ。全部任せる」

「えーっとね、まずは水中でイベントを起こさないとダメだよ。あと、何か意味があるんじゃないかって言われてたヒカリ茸は、関係ありません！」

その言葉を聞いたプレイヤーたちが、一斉に地底湖に移動し始めた。さすがクルミだ。それでも「もっとヒントをくれ」と言っていたプレイヤーもいたが、クルミに拒否されるとすごすごと退散していったのだった。

「じゃ、行こっか」

「ふー、ちょっと緊張しちゃうね。さすがクルミ」

「くくく……ようやく消えたわ」

リキューが元に戻った。本当に人見知りなんだな。

クルミの機転で野次馬プレイヤーたちを振り切った俺たちは、アミミンさんが発見したという崖の上の通路を目指して歩いていた。

道中、手に入れたアイテムを確認してみる。

「採取物だと……ヒカリ茸がゲットできたか！　しかも三つ！　これはラッキーだな」

極稀にしか取れないって聞いていたが、三つもゲットできるとは思わなかった。これなら栽培と調合、両方に回せるぞ。

「あとはこれな！」

俺は六匹もゲットできたその食材を見て、ニンマリとしてしまう。だって、こいつらを目当てにしてきたようなものだからな。それは地底湖で穫れた淡水蟹である。

実は、仕掛けた罠をルフレがきっちり回収しておいてくれていた。その中には蟹以外にも、海老や貝が入っていたのだ。

「フム〜！」

まあ、自分が食べたかっただけだと思うが、お手柄である。

爪の大きなガザミ系の蟹を見ているだけで、涎が止まらん。この地底湖ではルフレが大活躍だったし、美味しい蟹料理を食べさせてやるとしよう。

「で、モンスターのドロップか」

内容はまあまあだ。すでに第六、七エリアの素材はプレイヤー間に出回り始めており、第三、四エリアでも強力な装備を揃えることは可能である。俺の装備している精霊布のローブだって、第五、六エリアの素材が使われているのだ。

それ故、ここでゲットできるドロップの価値もそこまで高くはなかった。

だが、ボスドロップは別である。何せ初撃破だ。現在、俺たちしか所持していないことを考えれば、結構な価値があるだろう。

「殺人ヤマメの牙と鱗。あとは切り身か」

食材になっているけど、名前が殺人ヤマメの切り身である。なんだろう。あまり食欲が湧く名前で

はないが……。まあ、ボスドロップだし、きっと美味しいのだろう。

牙と鱗は、ルインとシュエラに見せてみればいいか。

そうしてインベントリを見つつ、モンスたちに先導されながら歩いていると、いつの間にか崖にたどり着いていた。改めて見上げると、かなり高い。

「これを登るのか……」

ボルダリングの経験者でもなければ、なかなか登るのは難しそうな、切り立った崖である。ただ、俺には切り札があった。

リックは送還してしまったが、アイネがいるのでロープを結んでもらうのは簡単なのだ。オルトが足場も作ってくれるしね。

ただ、モンスたちはこんな時にも遊んでいる。

「フママー……」

「ヤヤー!」

特にアイネとファウだな。崖を上手く登れず力尽きかけているアイネに、壁に張り付いたファウがそのまま真下を向いて、手を差し伸べている。

「フマー!」

「ヤヤー!」

差し出されたちっちゃな手を掴んだファウが、アイネを思い切り引き上げる。

まあ、アイネは普通に浮かべるし、本当に落ちかけているわけじゃないけど。

おなじみのファイト一発ごっこをしているだけだろう。

「ほら、遊んでないで早く登れー」

「フマー」

「ヤー」

俺が急かすと、アイネがファウを背の上に乗せて、そのまま浮遊スキルを使ってあっという間に崖を登っていった。

「……さて、俺はもう少し頑張らんとな」

「ムム？」

「いや、オンブしてくれなくても大丈夫だから。背を向けてしゃがまなくていい」

「ム？」

「いや、オンブが嫌だってわけじゃなくて――」

「モグ？」

「オルトが嫌なわけじゃないから！」

いくらオルトとドリモが力持ちだからって、オンブされた状態で崖登りなんて怖過ぎる。

「愛されてるね白銀さん」

「くくく……モンスのオンブ……いい」

「ルフレちゃん、頑張ろう！」

「フム！」

結局、オルトに足場を出してもらうことで、それほどもたつくこともなく崖を登り切ることができていた。

そして、アミミンさんが発見したという狭い穴に潜る。

細い通路を進んだ先に明らかな変化があった。行き止まりだと聞いていたはずの壁が崩れて、出口が出現していたのだ。そこから、月明かりが差し込んでいる。

「行ってみましょう。フィルマ、先頭どうぞ」

「いいの？」

「うん。今回はフィルマが頑張ってくれたから。いいよね？」

「おう。俺も賛成だ」

「くくく……私も」

「じゃあ、ルフレちゃんも一緒に。ね？」

「フム！」

フィルマとルフレが手を繋ぎ、仲良く並んで出口をくぐる。

「うわぁぁ！　凄いですね！」

「フム！」

フィルマたちが歓声を上げるのも無理はない。

地底湖を抜けた先には、一面の緑が広がっていたのだ。

「凄いな……」

「うん」

「くくく……絶景かな」

俺の腰よりも高い、葦のような草が見渡す限り続いている。

皓々とした月明かりに照らされる一面の草原は、ただひたすらに雄大で、涙が出そうになるほど不思議な感動を与えてくれていた。

幻想的であるとか、ファンタジーっぽいとか、そういうことではない。

こんな感じの風景なら、地球上のどこかにあるだろう。だからこそ、そのリアリティに感動してしまう。ゲームの中にいるはずなのに、大自然の力強さのようなものが感じられるのだ。

俺たちはしばし言葉を忘れ、月光に輝く草原に見入るのであった。

掲示板

【白銀さん】白銀さんについて語るスレｐａｒｔ１３【ファンの集い】

ここは噂のやらかしプレイヤー白銀さんに興味があるプレイヤーたちが、彼と彼のモンスについてなんとなく情報を交換する場所です。

・白銀さんへの悪意ある中傷、暴言は厳禁
・個人情報の取り扱いは慎重に
・ご本人からクレームが入った場合、告知なくスレ削除になる可能性があります

：：：：：：：：：：：：：：：：：

１１８：ヤンヤン
じゃあ、白銀さんと同じフィールドだったのか！

１１９：ヨロレイ
いやー、俺も驚いたよ。
白銀さんの本名知らなったから、アナウンス聞いても気づかなかったし。

１２０：遊星人
そういう人多そうだな。
俺も、同じことしそうだ。

１２１：ヨロレイ
だろ？

１２２：ヤンヤン
で？　どこでご本人だと気づいた？

１２３：ヨロレイ
普通に最後の祭壇で自己紹介してだな。
最初は、同じモンスター揃えて、同じ髪色にしてるだけの白銀さんのファンかと思ってた。

１２４：遊星人
いやいや、その方がレアだろう。
同じモンスって、ユニーク個体はそうそう集められない。

１２５：ヨロレイ
そうなんだけどさ。
まさか、同じフィールドに白銀さんがいるとは思わないじゃん？
しかもエロ鍛冶師までいたし。
何万人が参加したと思ってる？

１２６：ヤンヤン
有名人が二人も同じフィールドっていうのは、確かに奇跡的な確率かもな。

１２７：遊星人
確かに。
それで、何か起こった？　白銀現象。
というか、どんな人だった？

１２８：ヨロレイ
どんな人って……。
普通？　どこにでもいそうなテイマーさんだった。

１２９：ヤンヤン
白銀さんが普通って……。

普通の概念が覆るぞ。

１３０：ヨロレイ
いやいや、一見すると普通。でもやらかしまくるっていうのが白銀さんだから。
少なくとも、見た目や話した感じは、普通としか言えなかった。
モンスターが普通じゃないから、パーティ単位で見れば全く普通じゃないけど。

１３１：遊星人
もう普通が分からないよ！

１３２：ヤンヤン
普通談義はもういい。
それより、何かやらかしたか？
サスシロだった？

１３３：遊星人
すっごい隠し要素発見しちゃったり？

１３４：ヤンヤン
裏ボスみつけちゃったり？

１３５：ヨロレイ
いや、今回は何もなかった。
みんなで手分けして宝玉を集め、ボスを呼び出して倒した。
時間は一時間かかってないくらい？
残念だけど、白銀さんだって常にやらかしてるわけじゃないだろ？

１３６：ヤンヤン
それはそうか。
そもそも、やらかすようなイベントじゃなかったしな。

１３７：遊星人
でも、ワンチャン白銀さんと絡めるなら、俺も参加すればよかった。

１３８：ヨロレイ
参加してないのか？
ボーナスポイントも１点貰えたし、悪くないイベントだったのに。
何度かチャンスはあっただろ？

１３９：遊星人
いやー、俺人見知りだし……。
プレイヤー同士のもめごとが結構多いって聞いちゃったからさ。

１４０：ヤンヤン
第二陣のプレイヤーの中にはマナー悪い奴が意外と多いって話だしな。
第一陣の時もそうだったが、馬鹿どもが規約違反で淘汰されるまでは騒がしいかもしれない。

１４１：ヤナギ
俺も酷い目にあったよ。

１４２：ヨロレイ
何があったんだ？

１４３：ヤナギ
やる気が空回りしてるプレイヤーがいてさ。
もう、尖りまくり。

ジャックナイフというあだ名を進呈してやりたいね。

１４４：遊星人
その人、第二陣なんだ？

１４５：ヤナギ
そうだ。以下、そいつの香ばしい迷言集な。

・自己紹介する意味なんてあります？
・僕は僕で好きにやるんで、放っておいてください。
・一陣だからって、偉いつもりですか？
・熱血な人って、合わないんですよね。もっとクールに行きましょうよ。

最後の祭壇の前で、揉めるわ揉めるわ。
そいつに同調した二陣プレイヤー引き連れてどっか行っちまうし。

１４６：ヤンヤン
同調って……。
これのどこに同調できるんだ？

１４７：ヤナギ
有名人が二人も入った奇跡の組とは真逆だったってことだろ。
逆奇跡の組だった。

１４８：遊星人
やっぱ、ミニイベント参加しなくてよかった。

１４９：ヤナギ
結局ボスに負けてミニイベントは失敗だよ。
まあ、成功するまでは参加資格は消えないから、そのあともう一回参加して、

クリアしたけど。

１５０：ヨロレイ
苦労してるんだな。
俺たちのところは揉め事ゼロ。
白銀さんとエロ鍛冶師の指示に従って、さっくり攻略できた。

１５１：ヤナギ
なあ、それが白銀現象なんじゃ？

１５２：遊星人
揉め事がなかったってとこ？

１５３：ヤナギ
そうだ。白銀現象が起きたことで、スムーズに攻略できたってことじゃないか？

１５４：ヤンヤン
白銀現象というか、有名人パワーのおかげなんじゃ？
第二陣にも知られてるだろうし。
白銀さんを前に、馬鹿な真似はできんだろ？

１５５：ヤナギ
そうでもないぞ？
ジークフリードとか、すげー絡まれてた。
馬寄こせって言われたらしい。
有名人だからこそ、粘着される場合もある。

１５６：遊星人
そういう輩たちが同じ組に交ざっていなかったことこそ、白銀さんのご利益

であると？

１５７：ヤナギ
うむ。

１５８：ヤンヤン
なんか、プレイスタイルとかそういうレベルの話じゃなくなってきた。
ご利益ってｗｗｗ

１５９：ヨロレイ
普通にクリアできたことは、白銀さんのご利益のお陰だったのか！
ありがたやー。

１６０：遊星人
拝んでるｗｗｗ
そういえば、白銀さんとフレンドになったの？
大チャンスだったわけじゃん。

１６１：ヨロレイ
無理に決まってる。

１６２：ヤンヤン
即答。だが、気持ちは分かる。
白銀さんを前にチキるのは仕方がない。

１６３：ヤナギ
気持ちは分かる！
でも、あえて言わせてもらおう。
このチキンめ！

１６４：遊星人
チキンで上がり症の俺が言えたことじゃないけど……。
このフライドチキンめ！

１６５：ヨロレイ
俺は上がってもチキンでもない！
案外楽しくお話しできたし。

１６６：ヤナギ
ならばなぜフレンド申請しない！
見守り隊の影に怯えたか？

１６７：ヨロレイ
それもある！
でも、本人――というかモンス様と一緒にいるところを見ちゃうとさ～。
あ、白銀さんなんだなって……。
そう思ったら、お話以上は無理ですわ。

１６８：ヤンヤン
まあ、白銀さんだしな。

１６９：遊星人
じゃあさ、どんなこと話したんだ？

１７０：ヨロレイ
職業についてだな。
ほら、俺ってペインターじゃん？
白銀さん、趣味系の職業に興味があるみたいで、色々と聞かれた。

１７１：遊星人
なるほど。
白銀さんらしいかもしれん。

１７２：ヤンヤン
俺たち別に白銀さんと知り合いなわけじゃないけどな。
なぜか白銀さんらしいと思えてしまうｗｗｗ

１７３：ヤナギ
白銀さんと趣味系職業……。似合いすぎ。
だが、これっていいのか？

１７４：ヨロレイ
どういうこと？

１７５：ヤナギ
白銀さんが趣味系職業に興味を持って、セカンドジョブをペインターやキルトワーカーにしちゃったら？

１７６：遊星人
まだ発見もされていないセカンドジョブの心配をされても……。
それに、何か問題ある？
むしろ、白銀さんなら趣味系職業でも色々な発見してくれそう。

１７７：ヨロレイ
あ、それいいな！
白銀さんの大発見によって、ペインターが人気職業になっちゃったりして！

１７８：ヤンヤン
まあ、それはない。

１７９：ヤナギ
ないな。

１８０：遊星人
ないと思う。

１８１：ヨロレイ
俺も、自分で言っててないと思った。
でも、別に白銀さんが趣味系職業でもいいじゃん？
何が悪いんだ？

１８２：ヤナギ
ただでさえ戦闘力が低いと言われているテイマーなんだぞ？
さらにセカンドジョブを趣味系職業にしてしまったら……。

１８３：ヤンヤン
あー、確かに。
そうなったら、白銀さんの戦闘弱者っぷりが加速するかも。

１８４：ヨロレイ
いやいや、白銀さんそんなに弱くなかったよ？

１８５：ヤンヤン
本人がどう思っているかだろ？

１８６：ヤナギ
テイマー×趣味系職業ってことになったら、始まりの町からよけいに出なくなりそうだ。

１８７：遊星人
今と変わらないってことじゃないの？

１８８：ヤンヤン
変わらないのが問題だ。フィールドは広くなるのに、白銀さんが先へとなかなか進まないとなると――。
お目にかかる機会が減るだろう。
ファンたちが嘆き悲しむぞ？

１８９：ヨロレイ
ああ、そういうことか。

１９０：ヤナギ
気軽に言っているが、そうなった時に突き上げを食らうかもしれんぞ。

１９１：ヨロレイ
ええ？　俺が？

１９２：ヤンヤン
もし白銀さんが「ペインターになったのは、ヨロレイに勧められたからです」なんて発言をしてみろ。
どうなると思う？

１９３：ヨロレイ
ど、どうなっちゃうの？

１９４：ヤナギ
ただでさえ変な行動をしがちな白銀さんに趣味系職業を進めた男として、語り継がれるだろう。
悪い意味でな。

１９５：遊星人
文句言われるくらいはあるかも？

１９６：ヤンヤン
直接嫌がらせをされるようなことにはならないと思うが……。

１９７：ヨロレイ
白銀さん！　早まらないで！

１９８：遊星人
まあまあ。セカンドジョブなんて本当にあるかも分からないんだしさ。
あくまでも可能性だから。

１９９：ヤナギ
白銀さんだったら、一番最初にセカンドジョブを発見してもおかしくはないんじゃないか？

２００：ヤンヤン
あり得るわー。
で、スゲー気軽にペインターを選んじゃったりな？
俺たちが止まるかどうか悩むところで、アクセルを下手踏みにする。
それが白銀さん！

２０１：遊星人
その未来、見えるわー。
白銀さんならやらかしかねない。

２０２：ヨロレイ
やっぱり白銀さんに「ペインターなんて雑魚職！　選ばない方がいいよ！」っ

て伝えておかないと！
ああ！　でも連絡先が分からない！

２０３：ヤンヤン
だからフレンドになっておけと。

２０４：遊星人
畑に行くしかないんじゃない？

２０５：ヨロレイ
出待ちするしかないのか？

２０６：ヤンヤン
見守り隊の面前でか？
覚えてくれていれば何とかなりそうだが……。

２０７：ヤナギ
忘れられていたら、ただの迷惑行為。
通報必至だろう。

２０８：ヨロレイ
だ、大丈夫だ。
あれだけ話もしたし、忘れられてるなんてこと……。

２０９：遊星人
ないか？

２１０：ヨロレイ
ない……とも言い切れない！
白銀さんってその辺どうだったっけ？

２１１：ヤンヤン
分からないな。
細かいことは気にしないタイプっぽいけど……。

２１２：遊星人
細かいこと。
つまり、少し会話しただけのＭＯＢプレイヤーのことですね？
分かります。

２１３：ヤナギ
ミニイベントで一緒だった相手を、短期間で忘れたりはしないと思うが……。
覚えてなかったら、それはそれで白銀さんっぽい。

２１４：ヨロレイ
そうなんだよなー！
もう祈ることしかできない！
どうか白銀さんが、ペインターへの興味を失ってくれますように！
お願いします！
神様運営様白銀様！

２１５：ヤンヤン
ご本人に祈って、ご利益はあるのだろうか？

２１６：遊星人
大丈夫。きっとその願いはかなうよ！
何せ白銀さんだから！

２１７：ヤナギ
このゲーム限定で、すごい幸運を授けてくれそうだｗｗｗ

：：：：：：：：：：：：：：：：

EPILOGUE　エピローグ

地底湖の先に広がっていたのは、月の光に照らされた広大な草原であった。

みんなが黙りこくり、ただ目の前の景色を見つめる。

だが、その静寂を打ち破る、無粋な音があった。

ピッポーンというアナウンスの音だ。

運営も、少しは気を使ってくれればいいのに！　余韻を楽しませようという考えはないのか？

《プレイヤーによって、地底湖が攻略されました。全てのゲートシティの解放を祝い、ゲーム内で四八時間後にイベントが発生します。開催場所は、最後に解放された、サウスゲートの町となります》

『地底湖を最初に突破したプレイヤーには称号「地底湖を攻略した者」が与えられます』

そんなワールドアナウンスが流れ、俺たちは顔を見合わせる。

攻略扱いになったのはいい。想像通りだ。称号もいい。これは他でも似た称号の取得者がいるからな。効果は何もない、名誉称号というやつだ。

だが、他にも余計なものまで付いてきたぞ。

「なんか、始まったね。イベント詳細きてるけど……」

「くくく……大型レイドボス……」

「ど、どうしましょう？」

うーむ。大型レイドボスか。なかなか面倒な。戦闘を楽しめるタイプの人ならともかく、俺みたいな戦うことが得意でない人間にとっては、喜び以外の感情の方が大きかった。

メールには、ボスについての情報は一切書かれていない。ただ、四八時間後にレイドボス戦があると書かれているだけだ。正直、不安である。

「これ、どう思う？」

「楽しそうだね！」

「くくく……盛大に爆弾を使うチャンス」

クルミとリキューはニッコニコだった。さすが有名プレイヤー。俺のように惰弱じゃないんだな。

「フィルマはどうだ？」

「私はあまり戦いが好きじゃないんですけど、今回は参加しないとダメですよね」

「そうなんだよな～」

このレイドボス戦は、俺たちが発生させたものだ。参加しないわけにはいかないだろう。自分でレイドボス戦を発生させておいて逃げるとか、絶対に馬鹿にされるもんな。

だが、ボス戦のことを考える前に、やらなきゃいけないことがあった。

「とりあえずセーフティゾーンまで進んで。転移陣を登録しようぜ」

ここで死に戻ったりしたら、また町に戻されてしまうのだ。

「それもそうですね。じゃあ、新エリアにレッツゴーですよ！」

「フムー！」

GC NOVELS

出遅れテイマーのその日暮らし⑦

2021年6月6日　初版発行

著者　棚架ユウ
イラスト　Nardack

発行人　子安喜美子
編集　岩永翔太
装丁　AFTERGLOW
印刷所　株式会社平河工業社
発行　株式会社マイクロマガジン社
URL:https://micromagazine.co.jp/

〒104-0041
東京都中央区新富1-3-7　ヨドコウビル
TEL 03-3206-1641 FAX 03-3551-1208(販売部)
TEL 03-3551-9563 FAX 03-3297-0180(編集部)

ISBN978-4-86716-148-7　C0093 ©2021 Tanaka Yuu ©MICRO MAGAZINE 2021 Printed in Japan

本書は小説投稿サイト「小説家になろう」(https://syosetu.com/)に掲載されていたものを、加筆の上書籍化したものです。


定価はカバーに表示してあります。

乱丁、落丁本の場合は送料弊社負担にてお取り替えいたしますので、販売営業部宛にお送りください。

本書の無断転載は、著作権法上の例外を除き、禁じられています。

この物語はフィクションであり、実在の人物、団体、地名などとは一切関係ありません。

ファンレター、作品のご感想をお待ちしています!

宛先　〒104-0041　東京都中央区新富1-3-7　ヨドコウビル
株式会社マイクロマガジン社　GCノベルズ編集部　「棚架ユウ先生」係　「Nardack先生」係

アンケートのお願い

二次元コードまたはURL(https://micromagazine.co.jp/me/)ご利用の上
本書に関するアンケートにご協力ください。

■ご協力いただいた方全員に、書き下ろし特典をプレゼント!
■スマートフォンにも対応しています(一部対応していない機種もあります)
■サイトへのアクセス、登録・メール送信時の際にかかる通信費はご負担ください。

出遅れテイマーのその日暮らし

Deokure tamer

可愛いモンスター達との冒険が漫画で読める!!

漫画：タチバナ
原作：棚架ユウ
キャラクター原案：Nardack

コミックス1〜5巻も好評発売中!

異世界コミックにて、絶賛連載中!

（URL：https://comic-walker.com/）

©Tachibana ©Tanaka Yuu

乙女ゲー世界はモブに厳しい世界です 08

三嶋与夢
イラスト／孟達

お前が俺のペットになれ！

6月30日発売

B6判／定価:1,320円(本体1,200円+税10%)

GC NOVELS 話題のウェブ小説、続々刊行！ 毎月30日発売